HEINRICH HEINE

DIE HARZREISE

HAMBURGER LESEHEFTE VERLAG
HUSUM/NORDSEE

Lizenzausgabe mit Genehmigung der
HUSUM DRUCK- UND VERLAGSGESELLSCHAFT
HUSUM

Nichts ist dauernd als der Wechsel; nichts beständig als der Tod. Jeder Schlag des Herzens schlägt uns eine Wunde, und das Leben wäre ein ewiges Verbluten, wenn nicht die Dichtkunst wäre. Sie gewährt uns, was uns die Natur versagt: eine goldene Zeit, die nicht rostet, einen Frühling, der nicht abblüht, wolkenloses Glück und ewige Jugend. *Börne*

Schwarze Röcke, seidne Strümpfe,
weiße, höfliche Manschetten,
sanfte Reden, Embrassieren –
ach, wenn sie nur Herzen hätten!

Herzen in der Brust, und Liebe,
warme Liebe in dem Herzen –
Ach, mich tötet ihr Gesinge
von erlognen Liebesschmerzen.

Auf die Berge will ich steigen,
wo die frommen Hütten stehen,
wo die Brust sich frei erschließet,
und die freien Lüfte wehen.

Auf die Berge will ich steigen,
wo die dunkeln Tannen ragen,
Bäche rauschen, Vögel singen,
und die stolzen Wolken jagen.

Lebet wohl, ihr glatten Säle,
glatte Herren! Glatte Frauen!
Auf die Berge will ich steigen,
lachend auf euch niederschauen.

Die Stadt Göttingen, berühmt durch ihre Würste und Universität, gehört dem Könige von Hannover und enthält 999 Feuerstellen, diverse Kirchen, eine Entbindungsanstalt, eine Sternwarte, einen Karzer, eine Bibliothek und einen Ratskeller, wo das Bier sehr gut ist. Der vorbeifließende Bach heißt „die Leine“ und dient des

Sommers zum Baden; das Wasser ist sehr kalt und an einigen Orten so breit, dass Lüder wirklich einen großen Anlauf nehmen musste, als er hinübersprang. Die Stadt selbst ist schön und gefällt einem am besten, wenn man sie mit dem Rücken ansieht. Sie muss schon sehr lange stehen; denn ich erinnere mich, als ich vor fünf Jahren dort immatrikuliert und bald darauf konsiliiert wurde, hatte sie schon dasselbe graue, altkluge Ansehen und war schon vollständig eingerichtet mit Schnurren, Pudeln, Dissertationen, Thé dansants, Wäscherinnen, Kompendien, Taubenbraten, Guelfenorden, Promotionskutschen, Pfeifenköpfen, Hofräten, Justizräten, Relegationsräten, Profaxen und anderen Faxen. Einige behaupten sogar, die Stadt sei zur Zeit der Völkerwanderung erbaut worden, jeder deutsche Stamm habe damals ein ungebundenes Exemplar seiner Mitglieder darin zurückgelassen und davon stammten all die Vandalen, Friesen, Schwaben, Teutonen, Sachsen, Thüringer usw., die noch heutzutage in Göttingen, hordenweis und geschieden durch Farben der Mützen und der Pfeifenquäste, über die Weender Straße einherziehen, auf den blutigen Walstätten der Rasenmühle, des Ritschenkrugs und Bovdens sich ewig untereinander herumschlagen, in Sitten und Gebräuchen noch immer wie zur Zeit der Völkerwanderung dahinleben und teils durch ihre Duces, welche Haupthähne heißen, teils durch ihr uraltes Gesetzbuch, welches Komment heißt und in den legibus barbarorum eine Stelle verdient, regiert werden.

Im Allgemeinen werden die Bewohner Göttingens eingeteilt in Studenten, Professoren, Philister und Vieh, welche vier Stände doch nichts weniger als streng geschieden sind. Der Viehstand ist der bedeutendste. Die Namen aller Studenten und aller ordentlichen und unordentlichen Professoren hier herzuzählen, wäre zu weitläufig; auch sind mir in diesem Augenblick nicht alle Studentennamen im Gedächtnisse, und unter den Professoren sind manche, die noch gar keinen Namen haben. Die Zahl der Göttinger Philister muss sehr groß sein, wie Sand, oder besser gesagt, wie Kot am Meer; wahrlich, wenn ich sie des Morgens, mit ihren schmutzigen Gesichtern und weißen Rechnungen, vor den Pforten des akademischen Gerichtes aufgepflanzt sah, so mochte ich kaum begreifen, wie Gott nur so viel Lumpenpack erschaffen konnte.

Ausführlicheres über die Stadt Göttingen lässt sich sehr bequem nachlesen in der Topographie derselben von K. F. H. Marx. Obzwar ich gegen den Verfasser, der mein Arzt war und mir viel Liebes erzeigte, die heiligsten Verpflichtungen hege, so kann ich doch sein Werk nicht unbedingt empfehlen, und ich muss tadeln, dass er jener falschen Meinung, als hätten die Göttingerinnen allzu große Füße, nicht streng genug widerspricht. Ja, ich habe mich sogar seit Jahr und Tag mit einer ernsten Widerlegung dieser Meinung beschäftigt, ich habe deshalb vergleichende Anatomie gehört, die seltensten Werke auf der Bibliothek exzerpiert, auf der Weender Straße stundenlang die Füße der vorübergehenden Damen studiert, und in der grundgelehrten Abhandlung, so die Resultate dieser Studien enthalten wird, spreche ich 1. von den Füßen überhaupt, 2. von den Füßen bei den Alten, 3. von den Füßen der Elefanten, 4. von den Füßen der Göttingerinnen, 5. stelle ich alles zusammen, was über diese Füße auf Ullrichs Garten schon gesagt worden, 6. betrachte ich diese Füße in ihrem Zusammenhang und verbreite mich bei dieser Gelegenheit auch über Waden, Knie usw., und endlich 7., wenn ich nur so großes Papier auftreiben kann, füge ich noch hinzu einige Kupfertafeln mit dem Faksimile göttingischer Damenfüße.

Es war noch sehr früh, als ich Göttingen verließ, und der gelehrte ** lag gewiss noch im Bette und träumte wie gewöhnlich, er wandle in einem schönen Garten, auf dessen Beeten lauter weiße, mit Zitaten beschriebene Papierchen wachsen, die im Sonnenlichte lieblich glänzen und von denen er hier und da mehrere pflückt und mühsam in ein neues Beet verpflanzt, während die Nachtigallen mit ihren süßesten Tönen sein altes Herz erfreuen.

Vor dem Weender Tore begegneten mir zwei eingeborne kleine Schulknaben, wovon der eine zum andern sagte: „Mit dem Theodor will ich gar nicht mehr umgehen, er ist ein Lumpenkerl, denn gestern wusste er nicht mal, wie der Genitiv von mensa heißt." So unbedeutend diese Worte klingen, so muss ich sie doch wiedererzählen, ja, ich möchte sie als Stadtmotto gleich auf das Tor schreiben lassen; denn die Jungen piepen, wie die Alten pfeifen, und jene Worte bezeichnen ganz den engen, trocknen Notizenstolz der hochgelahrten Georgia Augusta.

Auf der Chaussee wehte frische Morgenluft, und die Vögel sangen gar freudig, und auch mir wurde allmählich wieder frisch und freudig zumute. Eine solche Erquickung tat Not. Ich war die letzte Zeit nicht aus dem Pandektenstall herausgekommen, römische Kasuisten hatten mir den Geist wie mit einem grauen Spinnweb überzogen, mein Herz war wie eingeklemmt zwischen den eisernen Paragraphen selbstsüchtiger Rechtssysteme, beständig klang es mir noch in den Ohren wie „Tribonian, Justinian, Hermogenian und Dummerjan", und ein zärtliches Liebespaar, das unter einem Baume saß, hielt ich gar für eine Corpus-juris-Ausgabe mit verschlungenen Händen. Auf der Landstraße fing es an, lebendig zu werden. Milchmädchen zogen vorüber; auch Eseltreiber mit ihren grauen Zöglingen. Hinter Weende begegneten mir der Schäfer und Doris. Dieses ist nicht das idyllische Paar, wovon Geßner singt, sondern es sind wohlbestallte Universitätspedelle, die wachsam aufpassen müssen, dass sich keine Studenten in Bovden duellieren, und dass keine neuen Ideen, die noch immer einige Dezennien vor Göttingen Quarantäne halten müssen, von einem spekulierenden Privatdozenten eingeschmuggelt werden. Schäfer grüßte mich sehr kollegialisch; denn er ist ebenfalls Schriftsteller und hat meiner in seinen halbjährigen Schriften oft erwähnt; wie er mich denn auch außerdem oft zitiert hat und, wenn er mich nicht zu Hause fand, immer so gütig war, die Zitation mit Kreide auf meine Stubentür zu schreiben. Dann und wann rollte auch ein Einspänner vorüber, wohlbepackt mit Studenten, die für die Ferienzeit oder auch für immer wegreisten. In solch einer Universitätsstadt ist ein beständiges Kommen und Abgehen, alle drei Jahre findet man dort eine neue Studentengeneration, das ist ein ewiger Menschenstrom, wo eine Semesterwelle die andere fortdrängt, und nur die alten Professoren bleiben stehen in dieser allgemeinen Bewegung, unerschütterlich fest, gleich den Pyramiden Ägyptens – nur dass in diesen Universitätspyramiden keine Weisheit verborgen ist.

Aus den Myrtenlauben bei Rauschenwasser sah ich zwei hoffnungsvolle Jünglinge hervorreiten. Ein Weibsbild, das dort sein horizontales Handwerk treibt, gab ihnen bis auf die Landstraße das Geleit, klätschelte mit geübter Hand die mageren Schenkel der Pferde, lachte laut auf, als der eine Reiter ihr hinten, auf die breite Spontaneität, einige Galanterien mit der Peitsche überlangte, und schob sich alsdann gen Bovden. Die Jünglinge aber jagten nach Nörten, und johlten gar geistreich, und sangen gar lieblich das Rossini'sche Lied: „Trink Bier, liebe, liebe Liese!“ Diese Töne hörte ich noch lange in der Ferne; doch die holden Sänger selbst verlor ich bald völlig aus dem Gesichte, sintemal sie ihre Pferde, die im Grunde einen deutsch langsamen Charakter zu haben schienen, gar entsetzlich anspornten und vorwärts peitschten. Nirgends wird die Pferdeschinderei stärker getrieben als in Göttingen, und oft, wenn ich sah, wie solch eine schweißtriefende, lahme Kracke für das bisschen Lebensfutter von unsern Rauschenwasserrittern abgequält ward oder wohl gar einen ganzen Wagen voll Studenten fortziehen musste, so dachte ich auch: „O du armes Tier, gewiss haben deine Voreltern im Paradiese verbotenen Hafer gefressen!“

Im Wirtshause zu Nörten traf ich die beiden Jünglinge wieder.

Der eine verzehrte einen Heringssalat, und der andere unterhielt sich mit der gelbledernen Magd, Fusia Canina, auch Trittvogel genannt. Er sagte ihr einige Anständigkeiten, und am Ende wurden sie handgemein. Um meinen Ranzen zu erleichtern, nahm ich die eingepackten blauen Hosen, die in geschichtlicher Hinsicht sehr merkwürdig sind, wieder heraus und schenkte sie dem kleinen Kellner, den man Kolibri nennt. Die Bussenia, die alte Wirtin, brachte mir unterdessen ein Butterbrot und beklagte sich, dass ich sie jetzt so selten besuche; denn sie liebt mich sehr.

Hinter Nörten stand die Sonne hoch und glänzend am Himmel. Sie meinte es recht ehrlich mit mir und erwärmte mein Haupt, dass alle unreifen Gedanken darin zur Vollreife kamen. Die liebe Wirtshaussonne in Northeim ist auch nicht zu verachten; ich kehrte hier ein und fand das Mittagsessen schon fertig. Alle Gerichte waren schmackhaft zubereitet und wollten mir besser behagen als die abgeschmackten akademischen Gerichte, die salzlosen, ledernen Stockfische mit ihrem alten Kohl, die mir in Göttingen vorgesetzt wurden. Nachdem ich meinen Magen etwas beschwichtigt hatte, bemerkte ich in derselben Wirtsstube einen Herrn mit zwei Damen, die im Begriff waren abzureisen. Dieser Herr war ganz grün gekleidet, trug sogar eine grüne Brille, die auf seine rote Kupfernase einen Schein wie Grünspan warf, und sah aus, wie der König Nebukadnezar in seinen späteren Jahren ausgesehen hat, als er, der Sage nach, gleich einem Tiere des Waldes, nichts als Salat aß. Der Grüne wünschte, dass ich ihm ein Hotel in Göttingen empfehlen möchte, und ich riet ihm, dort von dem ersten besten Studenten das Hotel de Brühbach zu erfragen. Die eine Dame war die Frau Gemahlin, eine gar große, weitläuftige Dame, ein rotes Quadratmeilen-Gesicht mit Grübchen in den Wangen, die wie Spucknäpfe für Liebesgötter aussahen, ein langfleischig herabhängendes Unterkinn, das eine schlechte Fortsetzung des Gesichtes zu sein schien, und ein hoch aufgestapelter Busen, der mit steifen Spitzen und vielzackig festonierten Krägen wie mit Türmchen und Bastionen umbaut war und einer Festung glich, die gewiss ebenso wenig wie jene anderen Festungen, von denen Philipp von Mazedonien spricht, einem mit Gold beladenen Esel widerstehen würde. Die andere Dame, die Frau Schwester, bildete ganz den Gegensatz der eben beschriebenen. Stammte jene von Pharaos fetten Kühen, so stammte diese von den magern. Das Gesicht nur ein Mund zwischen zwei Ohren, die Brust trostlos öde, wie die Lüneburger Heide; die ganze ausgekochte Gestalt glich einem Freitisch für arme Theologen. Beide Damen fragten mich zu gleicher Zeit: ob im Hotel de Brühbach auch ordentliche Leute logierten. Ich bejahte es mit gutem Gewissen, und als das holde Kleeblatt abfuhr, grüßte ich nochmals zum Fenster hinaus. Der Sonnenwirt lächelte gar schlau und mochte wohl wissen, dass der Karzer von den Studenten in Göttingen Hotel de Brühbach genannt wird.

Hinter Northeim wird es schon gebirgig, und hier und da treten schöne Anhöhen hervor. Auf dem Wege traf ich meistens Krämer, die nach der Braunschweiger Messe zogen, auch einen Schwarm Frauenzimmer, deren jede ein großes, fast häuserhohes, mit weißem Leinen überzogenes Behältnis auf dem Rücken trug. Darin saßen allerlei eingefangene Singvögel, die beständig piepsten und zwitscherten, während ihre Trägerinnen lustig dahinhüpften und schwatzten. Mir kam es gar närrisch vor, wie so ein Vogel den andern zu Markte trägt.

In pechdunkler Nacht kam ich an zu Osterode. Es fehlte mir der Appetit zum Essen, und ich legte mich gleich zu Bette. Ich war müde wie ein Hund und schlief wie ein Gott. Im Traume kam ich wieder nach Göttingen zurück, und zwar nach der dortigen Bibliothek. Ich stand in meiner Ecke des juristischen Saals, durchstöberte alte Dissertationen, vertiefte mich im Lesen, und als ich aufhörte, bemerkte ich zu meiner Verwunderung, dass es Nacht war und herabhängende Kristallleuchter den Saal erhellten. Die nahe Kirchenglocke schlug eben zwölf, die Saaltüre öffnete sich langsam, und herein trat eine stolze, gigantische Frau, ehrfurchtsvoll begleitet von den Mitgliedern und Anhängern der juristischen Fakultät. Das Riesenweib, obgleich schon bejahrt, trug dennoch im Antlitz die Züge einer strengen Schönheit, jeder ihrer Blicke verriet die hohe Titanin, die gewaltige Themis, Schwert und Waage hielt sie nachlässig zusammen in der einen Hand, in der andern hielt sie eine Pergamentrolle, zwei junge Doctores juris trugen die Schleppe ihres grau verblichenen Gewandes; an ihrer rechten Seite sprang windig hin und her der dünne Hofrat Rusticus, der Lykurg Hannovers, und deklamierte aus seinem neuen Gesetzentwurf; an ihrer linken Seite humpelte, gar galant und wohl gelaunt, ihr Cavaliere servente, der Geheime Justizrat Cujacius, und riss beständig juristische Witze und lachte selbst darüber so herzlich, dass sogar die ernste Göttin sich mehrmals lächelnd zu ihm herabbeugte, mit der großen Pergamentrolle ihm auf die Schulter klopfte und freundlich flüsterte: „Kleiner, loser Schalk, der die Bäume von oben herab beschneidet!“ Jeder von den übrigen Herren trat jetzt ebenfalls näher und hatte etwas hinzubemerken und hinzulächeln, etwa ein neu ergrübeltes Systemchen oder Hypotheschen oder ähnliches Missgebürtchen des eigenen Köpfchens.

Durch die geöffnete Saaltür traten auch noch mehrere fremde Herren herein, die sich als die andern großen Männer des illustren Ordens kundgaben, meistens eckige, lauernde Gesellen, die mit breiter Selbstzufriedenheit gleich drauflos definierten und distinguierten und über jedes Titelchen eines Pandektentitels disputierten. Und immer kamen noch neue Gestalten herein, alte Rechtsgelehrte, in verschollenen Trachten, mit weißen Allongeperücken und längst vergessenen Gesichtern, und sehr erstaunt, dass man sie, die Hochberühmten des verflossenen Jahrhunderts, nicht sonderlich regardierte; und diese stimmten nun ein, auf ihre Weise, in das allgemeine Schwatzen und Schrillen und Schreien, das, wie Meeresbrandung, immer verwirrter und lauter, die hohe Göttin umrauschte, bis diese die Geduld verlor und in einem Tone des entsetzlichsten Riesenschmerzes plötzlich aufschrie: „Schweigt! schweigt! ich höre die Stimme des teuren Prometheus, die höhnende Kraft und die stumme Gewalt schmieden den Schuldlosen an den Marterfelsen, und all euer Geschwätz und Gezänke kann nicht seine Wunden kühlen und seine Fesseln zerbrechen!“ So rief die Göttin, und Tränenbäche stürzten aus ihren Augen, die ganze Versammlung heulte wie von Todesangst ergriffen, die Decke des Saales krachte, die Bücher taumelten herab von ihren Brettern, vergebens trat der alte Münchhausen aus seinem Rahmen hervor, um Ruhe zu gebieten, es tobte und kreischte immer wilder – und fort aus diesem drängenden Tollhauslärm rettete ich mich in den historischen Saal, nach jener Gnadenstelle, wo die heiligen Bilder des belvederischen Apolls und der mediceischen Venus nebeneinander stehen, und ich stürzte zu den Füßen der Schönheitsgöttin, in ihrem Anblick vergaß ich all das wüste Treiben, dem ich entronnen, meine Augen tranken entzückt das Ebenmaß und die ewige Lieblichkeit ihres hoch gebenedeiten Leibes, griechische Ruhe zog durch meine Seele, und über mein Haupt, wie himmlischen Segen, goss seine süßesten Lyraklänge Phöbus Apollo.

Erwachend hörte ich noch immer ein freundliches Klingen. Die Herden zogen auf die Weide, und es läuteten ihre Glöckchen. Die liebe, goldene Sonne schien durch das Fenster und beleuchtete die Schildereien an den Wänden des Zimmers. Es waren Bilder aus dem Befreiungskriege, worauf treu dargestellt stand, wie wir alle Helden waren, dann auch Hinrichtungsszenen aus der Revolutionszeit, Ludwig XVI. auf der Guillotine und ähnliche Kopfabschneidereien, die man gar nicht ansehen kann, ohne Gott zu danken, dass man ruhig im Bette liegt und guten Kaffee trinkt und den Kopf noch so recht komfortabel auf den Schultern sitzen hat.

Nachdem ich Kaffee getrunken, mich angezogen, die Inschriften auf den Fensterscheiben gelesen und alles im Wirtshause berichtigt hatte, verließ ich Osterode.

Diese Stadt hat soundso viel Häuser, verschiedene Einwohner, worunter auch mehrere Seelen, wie in Gottschalks „Taschenbuch für Harzreisende" genauer nachzulesen ist. Ehe ich die Landstraße einschlug, bestieg ich die Trümmer der uralten Osteroder Burg. Sie bestehen nur noch aus der Hälfte eines großen, dickmaurigen, wie von Krebsschäden angefressenen Turms. Der Weg nach Clausthal führte mich wieder bergauf, und von einer der ersten Höhen schaute ich nochmals hinab in das Tal, wo Osterode mit seinen roten Dächern aus den grünen Tannenwäldern hervorguckt wie eine Moosrose. Die Sonne gab eine gar liebe, kindliche Beleuchtung. Von der erhaltenen Turmhälfte erblickt man hier die imponierende Rückseite.

Nachdem ich eine Strecke gewandert, traf ich zusammen mit einem reisenden Handwerksburschen, der von Braunschweig kam und mir als ein dortiges Gerücht erzählte: der junge Herzog sei auf dem Wege nach dem gelobten Lande von den Türken gefangen worden und könne nur gegen ein großes Lösegeld freikommen. Die große Reise des Herzogs mag diese Sage veranlasst haben. Das Volk hat noch immer den traditionell fabelhaften Ideengang, der sich so lieblich ausspricht in seinem „Herzog Ernst". Der Erzähler jener Neuigkeit war ein Schneidergesell, ein niedlicher, kleiner junger Mensch, so dünn, dass die Sterne durchschimmern konnten wie durch Ossians Nebelgeister, und im Ganzen eine volkstümlich barocke Mischung von Laune und Wehmut. Dieses äußerte sich besonders in der drollig rührenden Weise, womit er das wunderbare Volkslied sang: „Ein Käfer auf dem Zaune saß; summ, summ!" Das ist schön bei uns Deutschen; keiner ist so verrückt, dass er nicht einen noch Verrückteren fände, der ihn versteht. Nur ein Deutscher kann jenes Lied nachempfinden und sich dabei totlachen und totweinen. Wie tief das Goethe'sche Wort ins Leben des Volks gedrungen, bemerkte ich auch hier. Mein dünner Weggenosse trillerte ebenfalls zuweilen vor sich hin: „Leidvoll und freudvoll, Gedanken sind frei!" Solche Korruption des Textes ist beim Volke etwas Gewöhnliches. Er sang auch ein Lied, wo „Lottchen bei dem Grabe ihres Werthers" trauert. Der Schneider zerfloss vor Sentimentalität bei den Worten: „Einsam wein ich an der Rosenstelle, wo uns oft der späte Mond belauscht! Jammernd irr ich an der Silberquelle, die uns lieblich Wonne zugerauscht." Aber bald darauf ging er in Mutwillen über und erzählte mir: „Wir haben einen Preußen in der Herberge zu Kassel, der ebensolche

Lieder selbst macht; er kann keinen seligen Stich nähen; hat er einen Groschen in der Tasche, so hat er für zwei Groschen Durst, und wenn er im Tran ist, hält er den Himmel für ein blaues Kamisol und weint wie eine Dachtraufe und singt ein Lied mit der doppelten Poesie!“ Von letzterem Ausdruck wünschte ich eine Erklärung, aber mein Schneiderlein, mit seinen Ziegenhainer Beinchen, hüpfte hin und her und rief beständig: „Die doppelte Poesie ist die doppelte Poesie!“ Endlich brachte ich es heraus, dass er doppelt gereimte Gedichte, namentlich Stanzen, im Sinne hatte. – Unterdes, durch die große Bewegung und durch den konträren Wind, war der Ritter von der Nadel sehr müde geworden. Er machte freilich noch einige große Anstalten zum Gehen und bramarbasierte: „Jetzt will ich den Weg zwischen die Beine nehmen!“, doch bald klagte er, dass er sich Blasen unter die Füße gegangen und die Welt viel zu weitläufig sei; und endlich, bei einem Baumstamme, ließ er sich sachte niedersinken, bewegte sein zartes Häuptlein wie ein betrübtes Lämmerschwänzchen, und wehmütig lächelnd rief er: „Da bin ich armes Schindluderchen schon wieder marode!“

Die Berge wurden hier noch steiler, die Tannenwälder wogten unten wie ein grünes Meer, und am blauen Himmel oben schifften die weißen Wolken. Die Wildheit der Gegend war durch ihre Einheit und Einfachheit gleichsam gezähmt. Wie ein guter Dichter liebt die Natur keine schroffen Übergänge. Die Wolken, so bizarr gestaltet sie auch zuweilen erscheinen, tragen ein weißes oder doch ein mildes, mit dem blauen Himmel und der grünen Erde harmonisch korrespondierendes Kolorit, sodass alle Farben einer Gegend wie leise Musik ineinander schmelzen und jeder Naturanblick krampfstillend und gemütberuhigend wirkt. – Der selige Hoffmann würde die Wolken buntscheckig bemalt haben. – Eben wie ein großer Dichter weiß die Natur auch mit den wenigsten Mitteln die größten Effekte hervorzubringen. Da sind nur eine Sonne, Bäume, Blumen, Wasser und Liebe. Freilich, fehlt Letztere im Herzen des Beschauers, so mag das Ganze wohl einen schlechten Anblick gewähren, und die Sonne hat dann bloß soundsoviel Meilen im Durchmesser, und die Bäume sind gut zum Einheizen, und die Blumen werden nach den Staubfäden klassifiziert, und das Wasser ist nass.

Ein kleiner Junge, der für seinen kranken Oheim im Walde Reisig suchte, zeigte mir das Dorf Lerbach, dessen kleine Hütten mit grauen Dächern sich über eine halbe Stunde durch das Tal hinziehen. „Dort“, sagte er, „wohnen dumme Kropfleute und weiße Mohren“ – mit letzterem Namen werden die Albinos vom Volke benannt. Der kleine Junge stand mit den Bäumen in gar eigenem Einverständnis; er grüßte sie wie gute Bekannte, und sie schienen rauschend seinen Gruß zu erwidern. Er pfiff wie ein Zeisig, ringsum antworteten zwitschernd die andern Vögel, und ehe ich mich dessen versah, war er mit seinen nackten Füßchen und seinem Bündel Reisig ins Walddickicht fortgesprungen. Die Kinder, dacht' ich, sind jünger als wir, können sich noch erinnern, wie sie ebenfalls Bäume oder Vögel waren, und sind also noch imstande, dieselben zu verstehen; unsereins aber ist schon alt und hat zu viel Sorgen, Jurisprudenz und schlechte Verse im Kopf. Jene Zeit, wo es anders war, trat mir bei meinem Eintritt in Clausthal wieder recht lebhaft ins Gedächtnis. In dieses nette Bergstädtchen, welches man nicht früher erblickt, als bis man davorsteht, gelangte ich, als eben die Glocke zwölf schlug und die Kinder jubelnd aus der Schule kamen. Die lieben Knaben, fast alle rotbäckig, blauäugig und flachshaarig, sprangen und jauchzten und weckten in mir die wehmütig heitere Erinnerung, wie ich einst selbst, als ein kleines Bübchen, in einer dumpfkatholischen Klosterschule zu Düsseldorf den ganzen lieben Vormittag von der hölzernen Bank nicht aufstehen durfte und so viel Latein, Prügel und Geographie ausstehen musste und dann ebenfalls unmäßig jauchzte und jubelte, wenn die alte Franziskanerglocke endlich zwölf schlug. Die Kinder sahen an meinem Ranzen, dass ich ein Fremder sei, und grüßten mich recht gastfreundlich. Einer der Knaben erzählte mir, sie hätten eben Religionsunterricht gehabt, und er zeigte mir den Königl. Hannöv. Katechismus, nach welchem man ihnen das Christentum abfragt. Dieses Büchlein war sehr schlecht gedruckt, und ich fürchte, die Glaubenslehren machen dadurch schon gleich einen unerfreulich löschpapierigen Eindruck auf die Gemüter der Kinder; wie es mir denn auch erschrecklich missfiel, dass das Einmaleins, welches doch mit der heiligen Dreiheitslehre bedenklich kollidiert, im Katechismus selbst, und zwar auf dem letzten Blatte desselben, abgedruckt ist und die Kinder dadurch schon frühzeitig zu sündhaften Zweifeln verleitet werden können. Da sind wir im Preußischen viel klüger und bei unserem Eifer zur Bekehrung jener Leute, die sich so gut aufs Rechnen verstehen, hüten wir uns wohl, das Einmaleins hinter dem Katechismus abdrucken zu lassen.

In der „Krone" zu Clausthal hielt ich Mittag. Ich bekam frühlingsgrüne Petersiliensuppe, veilchenblauen Kohl, einen Kalbsbraten, groß wie der Chimborasso in Miniatur, sowie auch eine Art geräucherter Heringe, die Bückinge heißen, nach dem Namen ihres Erfinders, Wilhelm Bücking, der 1447 gestorben und um jener Erfahrung willen von Karl V. so verehrt wurde, dass derselbe anno 1556 von Middelburg nach Bievlied in Seeland reiste, bloß um dort das Grab dieses großen Mannes zu sehen. Wie herrlich schmeckt doch solch ein Gericht, wenn man die historischen Notizen dazu weiß und es selbst verzehrt! Nur der Kaffee nach Tische wurde mir verleidet, indem sich ein junger Mensch diskursierend zu mir setzte und so entsetzlich schwadronierte, dass die Milch auf dem Tische sauer wurde. Es war ein junger Handlungsbeflissener mit fünfundzwanzig bunten Westen und ebenso viel goldenen Petschaften, Ringen, Brustnadeln usw. Er sah aus wie ein Affe, der eine rote Jacke angezogen hat und nun zu sich selber sagt: Kleider machen Leute. Eine ganze Menge Scharaden wusste er auswendig sowie auch Anekdoten, die er immer da anbrachte, wo sie am wenigsten passten. Er fragte mich, was es in Göttingen Neues gäbe, und ich erzählte ihm: dass vor meiner Abreise von dort ein Dekret des akademischen Senats erschienen, worin bei drei Taler Strafe verboten wird, den Hunden die Schwänze abzuschneiden, indem die tollen Hunde in den Hundstagen die Schwänze zwischen den Beinen tragen und man sie dadurch von den nichttollen unterscheidet, was doch nicht geschehen könnte, wenn sie gar keine Schwänze haben. – Nach Tische machte ich mich auf den Weg, die Gruben, die Silberhütten und die Münze zu besuchen.

In den Silberhütten habe ich, wie oft im Leben, den Silberblick verfehlt. In der Münze traf ich es schon besser und konnte zusehen, wie das Geld gemacht wird. Freilich, weiter hab ich es auch nie bringen können. Ich hatte bei solcher Gelegenheit immer das Zusehen, und ich glaube, wenn mal die Taler vom Himmel herunterregneten, so bekäme ich davon nur Löcher in den Kopf, während die Kinder Israel die silberne Manna mit lustigem Mute einsammeln würden. Mit einem Gefühle, worin gar komisch Ehrfurcht und Rührung gemischt waren, betrachtete ich die neugebornen blanken Taler, nahm einen, der eben vom Prägstocke kam, in die Hand und sprach zu ihm: Junger Taler! welche Schicksale erwarten dich! wie viel Gutes und wie viel Böses wirst du stiften! wie wirst du das Laster beschützen und die Tugend flicken, wie wirst du geliebt und dann wieder verwünscht werden! wie wirst du schwelgen, kuppeln, lügen und morden helfen! wie wirst du rastlos umherirren, durch reine und schmutzige Hände, jahrhundertelang, bis du endlich, schuldbeladen und sündenmüd, versammelt wirst zu den Deinigen im Schoße Abrahams, der dich einschmelzt und läutert und umbildet zu einem neuen besseren Sein.

Das Befahren der zwei vorzüglichsten Clausthaler Gruben, der „Dorothea“ und „Karolina“, fand ich sehr interessant, und ich muss ausführlich davon erzählen.

Eine halbe Stunde vor der Stadt gelangt man zu zwei großen schwärzlichen Gebäuden. Dort wird man gleich von den Bergleuten in Empfang genommen. Diese tragen dunkle, gewöhnlich stahlblaue, weite, bis über den Bauch herabhängende Jacken, Hosen von ähnlicher Farbe, ein hinten aufgebundenes Schurzfell und kleine grüne Filzhüte, ganz randlos, wie ein abgekappter Kegel. In eine solche Tracht, bloß ohne Hinterleder, wird der Besuchende ebenfalls eingekleidet, und ein Bergmann, ein Steiger, nachdem er sein Grubenlicht angezündet, führt ihn nach einer dunklen Öffnung, die wie ein Kaminfegeloch aussieht, steigt bis an die Brust hinab, gibt Regeln, wie man sich an den Leitern festzuhalten habe, und bittet, angstlos zu folgen. Die Sache selbst ist nichts weniger als gefährlich; aber man glaubt es nicht im Anfang, wenn man gar nichts vom Bergwerkswesen versteht. Es gibt schon eine eigene Empfindung, dass man sich ausziehen und die dunkle Delinquententracht anziehen muss. Und nun soll man auf allen vieren hinabklettern, und das dunkle Loch ist so dunkel, und Gott weiß, wie lang die Leiter sein mag. Aber bald merkt man doch, dass es nicht eine einzige in die schwarze Ewigkeit hinablaufende Leiter ist, sondern dass es mehrere von fünfzehn bis zwanzig Sprossen sind, deren jede auf ein kleines Brett führt, worauf man stehen kann und worin wieder ein neues Loch nach einer neuen Leiter hinableitet. Ich war zuerst in die „Karolina“ gestiegen. Das ist die schmutzigste und unerfreulichste Karolina, die ich je kennen gelernt habe. Die Leitersprossen sind kotig nass. Und von einer Leiter zur andern geht’s hinab, und der Steiger voran, und dieser beteuert immer, es sei gar nicht gefährlich, nur müsse man sich mit den Händen fest an den Sprossen halten und nicht nach den Füßen sehen und nicht schwindlig werden und nur beileibe nicht auf das Seitenbrett treten, wo jetzt das schnurrende Tonnenseil heraufgeht und wo vor vierzehn Tagen ein unvorsichtiger Mensch hinuntergestürzt und leider den Hals gebrochen. Da unten ist ein verworrenes Rauschen und Summen, man stößt beständig an Balken und Seile, die in Bewegung sind, um die Tonnen mit geklopften Erzen oder das hervorgesinterte Wasser heraufzuwinden. Zuweilen gelangt man auch in durchgehauene Gänge, Stollen genannt, wo man das Erz wachsen sieht und wo der einsame Bergmann den ganzen Tag sitzt und mühsam mit dem Hammer die Erzstücke aus der Wand herausklopft. Bis in die unterste Tiefe, wo man, wie einige behaupten, schon hören kann, wie die Leute in

Amerika „Hurra Lafayette!“ schreien, bin ich nicht gekommen; unter uns gesagt, dort, bis wohin ich kam, schien es mir bereits tief genug: – immer währendes Brausen und Sausen, unheimliche Maschinenbewegung, unterirdisches Quellengeriesel, von allen Seiten herabfallendes Wasser, qualmig aufsteigende Erddünste und das Grubenlicht immer bleicher hineinflimmernd in die einsame Nacht. Wirklich, es war betäubend, das Atmen wurde mir schwer, und mit Mühe hielt ich mich an den glitschrigen Leitersprossen. Ich habe keinen Anflug von so genannter Angst empfunden, aber, seltsam genug, dort unten in der Tiefe erinnerte ich mich, dass ich im vorigen Jahre, ungefähr um dieselbe Zeit, einen Sturm auf der Nordsee erlebte, und ich meinte jetzt, es sei doch eigentlich recht traulich angenehm, wenn das Schiff hin- und herschaukelt, die Winde ihre Trompeterstückchen losblasen, zwischendrein der lustige Matrosenlärm erschallt und alles frisch überschauert wird von Gottes lieber, freier Luft. Ja, Luft! – Nach Luft schnappend, stieg ich einige Dutzend Leitern wieder in die Höhe, und mein Steiger führte mich durch einen schmalen, sehr langen, in den Berg gehauenen Gang nach der Grube „Dorothea“. Hier ist es luftiger und frischer, und die Leitern sind reiner, aber auch länger und steiler als in der „Karolina“. Hier wurde mir auch besser zumute, besonders da ich wieder Spuren lebendiger Menschen gewahrte. In der Tiefe zeigten sich nämlich wandelnde Schimmer; Bergleute mit ihren Grubenlichtern kamen allmählich in die Höhe mit dem Gruße „Glückauf!“, und mit demselben Widergruße von unserer Seite stiegen sie an uns vorüber; und wie eine befreundet ruhige und doch zugleich quälend rätselhafte Erinnerung trafen mich, mit ihren tiefsinnig klaren Blicken, die ernstfrommen, etwas blassen und vom Grubenlicht geheimnisvoll beleuchteten Gesichter dieser jungen und alten Männer, die in ihren dunklen, einsamen Bergschachten den ganzen Tag gearbeitet hatten und sich jetzt hinaufsehnten nach dem lieben Tageslicht und nach den Augen von Weib und Kind.

Mein Cicerone selbst war eine kreuzehrliche, pudeldeutsche Natur. Mit innerer Freudigkeit zeigte er mir jene Stelle, wo der Herzog von Cambridge, als er die Grube befahren, mit seinem ganzen Gefolge gespeist hat und wo noch der lange hölzerne Speisetisch steht sowie auch der große Stuhl von Erz, worauf der Herzog gesessen. Dieser bleibe zum ewigen Andenken stehen, sagte der gute Bergmann, und mit Feuer erzählte er, wie viele Festlichkeiten damals stattgefunden, wie der ganze Stollen mit Lichtern, Blumen und Laubwerk verziert gewesen, wie ein Bergknappe die Zither gespielt und gesungen, wie der vergnügte, liebe, dicke Herzog sehr viele Gesundheiten ausgetrunken habe und wie viele Bergleute und er selbst ganz besonders sich gern würden totschlagen lassen für den lieben, dicken Herzog und das ganze Haus Hannover. – Innig rührt es mich jedes Mal, wenn ich sehe, wie sich dieses Gefühl der Untertanstreue in seinen einfachen Naturlauten ausspricht. Es ist ein so schönes Gefühl! Und es ist ein so wahrhaft deutsches Gefühl! Andere Völker mögen gewandter sein und witziger und ergötzlicher, aber keines ist so treu wie das treue deutsche Volk. Wüsste ich nicht, dass die Treue so alt ist wie die Welt, so würde ich glauben, ein deutsches Herz habe sie erfunden. Deutsche Treue! sie ist keine moderne Adressenfloskel. An euren Höfen, ihr deutschen Fürsten, sollte man singen und wieder singen das Lied von dem getreuen Eckart und dem bösen Burgund, der ihm die lieben Kinder töten lassen und ihn alsdann doch noch immer treu befunden hat. Ihr habt das treueste Volk, und ihr irrt, wenn ihr glaubt, der alte, verständige, treue Hund sei plötzlich toll geworden und schnappe nach euern geheiligten Waden.

Wie die deutsche Treue, hatte uns jetzt das kleine Grubenlicht, ohne viel Geflacker, still und sicher geleitet durch das Labyrinth der Schachte und Stollen; wir stiegen hervor aus der dumpfigen Bergnacht, das Sonnenlicht strahlt' – Glück auf!

Die meisten Bergarbeiter wohnen in Clausthal und in dem damit verbundenen Bergstädtchen Zellerfeld. Ich besuchte mehrere dieser wackern Leute, betrachtete ihre kleine häusliche Einrichtung, hörte einige ihrer Lieder, die sie mit der Zither, ihrem Lieblingsinstrumente, gar hübsch begleiten, ließ mir alte Bergmärchen von ihnen erzählen und auch die Gebete hersagen, die sie in Gemeinschaft zu halten pflegen, ehe sie in den dunkeln Schacht hinuntersteigen, und manches gute Gebet habe ich mitgebetet. Ein alter Steiger meinte sogar, ich sollte bei ihnen bleiben und Bergmann werden; und als ich dennoch Abschied nahm, gab er mir einen Auftrag an seinen Bruder, der in der Nähe von Goslar wohnt, und viele Küsse für seine liebe Nichte.

So stillstehend ruhig auch das Leben dieser Leute erscheint, so ist es dennoch ein wahrhaftes, lebendiges Leben. Die steinalte, zitternde Frau, die, dem großen Schranke gegenüber, hinterm Ofen saß, mag dort schon ein Vierteljahrhundert lang gesessen haben, und ihr Denken und Fühlen ist gewiss innig verwachsen mit allen Ecken dieses Ofens und allen Schnitzeleien dieses Schrankes. Und Schrank und Ofen leben, denn ein Mensch hat ihnen einen Teil seiner Seele eingeflößt.

Nur durch solch tiefes Anschauungsleben, durch die „Unmittelbarkeit“ entstand die deutsche Märchenfabel, deren Eigentümgelblichen Tone zu bestehen, woraus die Bildhauer ihre ersten Modelle kneten; und wenn die schmalen Lippen zusammenkniffen, zogen sich über die Wangen einige tausend halbkreisartige, feine Fältchen. Der kleine Mann sprach kein Wort, und nur dann und wann, wenn die ältere Dame ihm etwas Freundliches zuflüsterte, lächelte er wie ein Mops, der den Schnupfen hat.

Jene ältere Dame war die Mutter der jüngeren, und auch sie besaß die vornehmsten Formen. Ihr Auge verriet einen krankhaft schwärmerischen Tiefsinn, um ihren Mund lag strenge Frömmigkeit, doch schien mir's, als ob er einst sehr schön gewesen sei und viel gelacht und viele Küsse empfangen und viele erwidert habe. Ihr Gesicht glich einem Codex palimpsestus, wo, unter der neuschwarzen Mönchsschrift eines Kirchenvatertextes, die halberloschenen Verse eines altgriechischen Liebesdichters hervorlauschen. Beide Damen waren mit ihrem Begleiter dieses Jahr in Italien gewesen und erzählten mir allerlei Schönes von Rom, Florenz und Venedig. Die Mutter erzählte viel von den Raffael'schen Bildern in der Peterskirche; die Tochter sprach mehr von der Oper im Theater Fenice.

Derweilen wir sprachen, begann es zu dämmern; die Luft wurde noch kälter, die Sonne neigte sich tiefer, und die Turmplatte füllte sich mit Studenten, Handwerksburschen und einigen ehrsamen Bürgerleuten samt deren Ehefrauen und Töchtern, die alle den Sonnenuntergang sehen wollten. Es ist ein erhabener Anblick, der die Seele zum Gebet stimmt. Wohl eine Viertelstunde standen alle ernsthaft schweigend und sahen, wie der schöne Feuerball im Westen allmählich versank; die Gesichter wurden vom Abendrot angestrahlt, die Hände falteten sich unwillkürlich; es war, als ständen wir, eine stille Gemeinde, im Schiffe eines Riesendoms, und der Priester erhöbe jetzt den Leib des Herrn, und von der Orgel herab ergösse sich Palestrinas ewiger Choral.

Während ich so in Andacht versunken stehe, höre ich, dass neben mir jemand ausruft: „Wie ist die Natur doch im Allgemeinen so schön!" Diese Worte kamen aus der gefühlvollen Brust meines Zimmergenossen, des jungen Kaufmanns. Ich gelangte dadurch wieder zu meiner Werkeltagsstimmung, war jetzt imstande, den Damen über den Sonnenuntergang recht viel Artiges zu sagen und sie ruhig, als wäre nichts passiert, nach ihrem Zimmer zu führen. Sie erlaubten mir auch, sie noch eine Stunde zu unterhalten. Wie die Erde selbst drehte sich unsre Unterhaltung um die Sonne. Die Mutter äußerte, die in Nebel versinkende Sonne habe ausgesehen wie eine rot glühende Rose, die der galante Himmel herabgeworfen in den weit ausgebreiteten, weißen Brautschleier seiner geliebten Erde. Die Tochter lächelte und meinte, der öftere Anblick solcher Naturerscheinungen schwäche ihren Eindruck. Die Mutter berichtigte diese falsche Meinung durch eine Stelle aus Goethes Reisebriefen und fragte mich, ob ich den „Werther“ gelesen. Ich glaube, wir sprachen auch von Angorakatzen, etruskischen Vasen, türkischen Schals, Makkaroni und Lord Byron, aus dessen Gedichten die ältere Dame einige Sonnenuntergangsstellen, recht hübsch lispelnd und seufzend, rezitierte. Der jüngern Dame, die kein Englisch verstand und jene Gedichte kennen lernen wollte, empfahl ich die Übersetzungen meiner schönen, geistreichen Landsmännin, der Baronin Elise von Hohenhausen, bei welcher Gelegenheit ich nicht ermangelte, wie ich gegen junge Damen zu tun pflege, über Byrons Gottlosigkeit, Lieblosigkeit, Trostlosigkeit, und der Himmel weiß, was noch mehr, zu eifern.

Nach diesem Geschäfte ging ich noch auf dem Brocken spazieren; denn ganz dunkel wird es dort nie. Der Nebel war nicht stark, und ich betrachtete die Umrisse der beiden Hügel, die man den Hexenaltar und die Teufelskanzel nennt. Ich schoss meine Pistolen ab, doch es gab kein Echo. Plötzlich aber höre ich bekannte Stimmen und fühle mich umarmt und geküsst. Es waren meine Landsleute, die Göttingen vier Tage später verlassen hatten und bedeutend erstaunt waren, mich ganz allein auf dem Blocksberge wieder zu finden. Da gab es ein Erzählen und Verwundern und Verabreden, ein Lachen und Erinnern, und im Geiste waren wir wieder in unserem gelehrten Sibirien, wo die Kultur so groß ist, dass die Bären in den Wirtshäusern angebunden werden und die Zobel dem Jäger guten Abend wünschen.

Im großen Zimmer wurde eine Abendmahlzeit gehalten. Ein langer Tisch mit zwei Reihen hungriger Studenten. Im Anfange gewöhnliches Universitätsgespräch: Duelle, Duelle und wieder Duelle. Die Gesellschaft bestand meistens aus Hallensern, und Halle wurde daher Hauptgegenstand der Unterhaltung. Die Fensterscheiben des Hofrats Schütz wurden exegetisch beleuchtet. Dann erzählte man, dass die letzte Cour bei dem König von Zypern sehr glänzend gewesen sei, dass er einen natürlichen Sohn erwählt, dass er sich eine lichtensteinsche Prinzessin ans linke Bein antrauen lassen, dass er die Staatsmätresse abgedankt und dass das ganze gerührte Ministerium vorschriftsmäßig geweint habe. Ich brauche wohl nicht zu erwähnen, dass sich dieses auf hallesche Bierwürden bezieht. Hernach kamen die zwei Chinesen aufs Tapet, die sich vor zwei Jahren in Berlin sehen ließen und jetzt in Halle zu Privatdozenten der chinesischen Ästhetik abgerichtet werden. Nun wurden Witze gerissen. Man setzte den Fall, ein Deutscher ließe sich in China für Geld sehen; und zu diesem Zwecke wurde ein Anschlagzettel geschmiedet, worin die Mandarinen Tsching-Tschang-Tschung und Hi-Ha-Ho begutachteten, dass es ein echter Deutscher sei, worin ferner seine Kunststücke aufgerechnet wurden, die hauptsächlich in Philosophieren, Tabakrauchen und Geduld bestanden, und worin noch schließlich bemerkt wurde, dass man um zwölf Uhr, welches die Fütterungsstunde sei, keine Hunde mitbringen dürfe, indem diese dem armen Deutschen die besten Brocken wegzuschnappen pflegten.

Ein junger Burschenschafter, der kürzlich zur Purifikation in Berlin gewesen, sprach viel von dieser Stadt, aber sehr einseitig. Er hatte Wisotzki und das Theater besucht; beide beurteilte er falsch. „Schnell fertig ist die Jugend mit dem Wort“ usw. Er sprach von Garderobeaufwand, Schauspieler- und Schauspielerinnenskandal usw. Der junge Mensch wusste nicht, dass, da in Berlin überhaupt der Schein der Dinge am meisten gilt, was schon die allgemeine Redensart „man so duhn“ hinlänglich andeutet, dieses Scheinwesen auf den Brettern erst recht florieren muss und dass daher die Intendanz am meisten zu sorgen hat für die „Farbe des Barts, womit eine Rolle gespielt wird“, für die Treue der Kostüme, die von beeidigten Historikern vorgezeichnet und von wissenschaftlich gebildeten Schneidern genäht werden. Und das ist notwendig. Denn trüge mal Maria Stuart eine Schürze, die schon zum Zeitalter der Königin Anna gehört, so würde gewiss der Bankier Christian Gumpel sich mit Recht beklagen, dass ihm dadurch alle Illusion verloren gehe; und hätte mal Lord Burleigh aus Versehen die Hosen von Heinrich IV. angezogen, so würde gewiss die Kriegsrätin von Steinzopf, geb. Lilientau, diesen Anachronismus den ganzen Abend nicht aus den Augen lassen. Solche täuschende Sorgfalt der Generalintendanz erstreckt sich aber nicht bloß auf Schürzen und Hosen, sondern auch auf die darin verwickelten Personen. So soll künftig der Othello von einem wirklichen Mohren gespielt werden, den Professor Lichtenstein schon zu diesem Behufe aus Afrika verschrieben hat; in „Menschenhass und Reue“ soll künftig die Eulalia von einem wirklich verlaufenen Weibsbilde, der Peter von einem wirklich dummen Jungen und der Unbekannte von einem wirklich geheimen Hahnrei gespielt werden, die man alle drei nicht erst aus Afrika zu verschreiben braucht. Hatte nun oben erwähnter junger Mensch die Verhältnisse des Berliner Schauspiels schlecht begriffen, so merkte er noch viel weniger, dass die Spontinische Janitscharen-Oper, mit ihren Pauken, Elefanten, Trompeten und Tamtams, ein heroisches Mittel ist, um unser erschlafftes Volk kriegerisch zu stärken, ein Mittel, das schon Plato und Cicero staatspfiffig empfohlen haben. Am allerwenigsten begriff der junge Mensch die diplomatische Bedeutung des Balletts. Mit Mühe zeigte ich ihm, wie in Hoguets Füßen mehr Politik sitzt als in Buchholz' Kopf, wie alle seine Tanztouren diplomatische Verhandlungen bedeuten, wie jede seiner Bewegungen eine politische Beziehung habe, so z. B., dass er unser Kabinett meint, wenn er, sehnsüchtig vorgebeugt, mit den Händen weit ausgreift; dass er den Bundestag meint, wenn er sich hundertmal auf einem Fuße herumdreht, ohne vom Fleck zu kommen; dass er die kleinen Fürsten im Sinne hat, wenn er wie mit gebundenen Beinen herumtrippelt; dass er das europäische Gleichgewicht bezeichnet, wenn er wie ein Trunkener hin und her schwankt; dass er einen Kongress andeutet, wenn er die gebogenen Arme knäuelartig ineinander verschlingt; und endlich, dass er unsern allzu großen Freund im Osten darstellt, wenn er in allmählicher Entfaltung sich in die Höhe hebt, in dieser Stellung lange ruht und plötzlich in die erschrecklichsten Sprünge ausbricht. Dem jungen Manne fielen die Schuppen von den Augen, und jetzt merkte er, warum Tänzer besser honoriert werden als große Dichter, warum das Ballett beim diplomatischen Korps ein unerschöpflicher Gegenstand des Gesprächs ist und warum oft eine schöne Tänzerin noch privatim von dem Minister unterhalten wird, der sich gewiss Tag und Nacht abmüht, sie für sein politisches Systemchen empfänglich zu machen. Beim Apis! wie groß ist die Zahl der exoterischen und wie klein die Zahl der esoterischen Theaterbesucher! Da steht das blöde Volk und gafft und bewundert Sprünge und Wendungen und studiert Anatomie in den Stellungen der Lemiere und applaudiert die Entrechats der Röhnisch und schwatzt von Grazie, Harmonie und Lenden – und keiner merkt, dass er in getanzten Chiffren das Schicksal des deutschen Vaterlandes vor Augen hat.

Während solcherlei Gespräche hin- und herflogen, verlor man doch das Nützliche nicht aus den Augen, und den großen Schüsseln, die mit Fleisch, Kartoffeln usw. ehrlich angefüllt waren, wurde fleißig zugesprochen. Jedoch das Essen war schlecht. Dieses erwähnte ich leichthin gegen meinen Nachbar, der aber mit einem Akzente, woran ich den Schweizer erkannte, gar unhöflich antwortete, dass wir Deutschen wie mit der wahren Freiheit, so auch mit der wahren Genügsamkeit unbekannt seien. Ich zuckte die Achseln und bemerkte, dass die eigentlichen Fürstenknechte und Leckerkramverfertiger überall Schweizer sind und vorzugsweise so genannt werden und dass überhaupt die jetzigen schweizerischen Freiheitshelden, die so viel Politisch-Kühnes ins Publikum hineinschwatzen, mir immer vorkommen wie Hasen, die auf öffentlichen Jahrmärkten Pistolen abschießen, alle Kinder und Bauern durch die Kühnheit in Erstaunen setzen und dennoch Hasen sind.

Der Sohn der Alpen hatte es gewiss nicht böse gemeint, „es war ein dicker Mann, folglich ein guter Mann", sagt Cervantes. Aber mein Nachbar von der andern Seite, ein Greifswalder, war durch jene Äußerung sehr pikiert; er beteuerte, dass deutsche Tatkraft und Einfältigkeit noch nicht erloschen sei, schlug sich dröhnend auf die Brust und leerte eine ungeheure Stange Weißbier. Der Schweizer sagte: „Nu! Nu!" Doch je beschwichtigender er dieses sagte, desto eifriger ging der Greifswalder ins Geschirr. Dieser war ein Mann aus jenen Zeiten, als die Läuse gute Tage hatten und die Friseure zu verhungern fürchteten. Er trug herabhängend langes Haar, ein ritterliches Barett, einen schwarzen, altdeutschen Rock, ein schmutziges Hemd, das zugleich das Amt einer Weste versah, und darunter ein Medaillon mit einem Haarbüschel von Blüchers Schimmel. Er sah aus wie ein Narr in Lebensgröße. Ich mache mir gern einige Bewegung beim Abendessen und ließ mich daher von ihm in einen patriotischen Streit verflechten. Er war der Meinung, Deutschland müsse in dreiunddreißig Gaue geteilt werden. Ich hingegen behauptete, es müssten achtundvierzig sein, weil man alsdann ein systematischeres Handbuch über Deutschland schreiben könne und es doch notwendig sei, das Leben mit der Wissenschaft zu verbinden. Mein Greifswalder Freund war auch ein deutscher Barde, und wie er mir vertraute, arbeitete er an einem Nationalheldengedicht zur Verherrlichung Hermanns und der Hermannsschlacht. Manchen nützlichen Wink gab ich ihm für die Anfertigung dieses Epos. Ich machte ihn darauf aufmerksam, dass er die Sümpfe und Knüppelwege des Teutoburger Waldes sehr onomatopöisch durch wässrige und holprige Verse andeuten könne und dass es eine patriotische Feinheit wäre, wenn er den Varus und die übrigen Römer lauter Unsinn sprechen ließe. Ich hoffe, dieser Kunstkniff wird ihm, ebenso erfolgreich wie andern Berliner Dichtern, bis zur bedenklichsten Illusion gelingen.

An unserm Tische wurde es immer lauter und traulicher, der Wein verdrängte das Bier, die Punschbowlen dampften, es wurde getrunken, smolliert und gesungen. Der alte Landesvater und herrliche Lieder von W. Müller, Rückert, Uhland usw. erschollen. Schöne Methfessel'sche Melodien. Am allerbesten erklangen unseres Arndts deutsche Worte: „Der Gott, der Eisen wachsen ließ, der wollte keine Knechte!" Und draußen brauste es, als ob der alte Berg mitsänge, und einige schwankende Freunde behaupteten sogar, er schüttle freudig sein kahles Haupt und unser Zimmer werde dadurch hin und her bewegt. Die Flaschen wurden leerer und die Köpfe voller. Der eine brüllte, der andere fistulierte, ein dritter deklamierte aus der „Schuld“, ein vierter sprach Latein, ein fünfter predigte von der Mäßigkeit, und ein sechster stellte sich auf den Stuhl und dozierte: „Meine Herren! Die Erde ist eine runde Walze, die Menschen sind einzelne Stiftchen darauf, scheinbar arglos zerstreut; aber die Walze dreht sich, die Stiftchen stoßen hier und da an und tönen, die einen oft, die andern selten, das gibt eine wunderbare, komplizierte Musik, und diese heißt Weltgeschichte. Wir sprechen also erst von der Musik, dann von der Welt und endlich von der Geschichte; Letztere aber teilen wir ein in Positiv und spanische Fliegen –“ Und so ging's weiter mit Sinn und Unsinn.

Ein gemütlicher Mecklenburger, der seine Nase im Punschglase hatte und selig lächelnd den Dampf einschnupfte, machte die Bemerkung: es sei ihm zumute, als stände er wieder vor dem Theaterbüffet in Schwerin! Ein anderer hielt sein Weinglas wie ein Perspektiv vor die Augen und schien uns aufmerksam damit zu betrachten, während ihm der rote Wein über die Backen ins hervortretende Maul hinablief. Der Greifswalder, plötzlich begeistert, warf sich an meine Brust und jauchzte: „Oh, verständest du mich, ich bin ein Liebender, ich bin ein Glücklicher, ich werde wiedergeliebt, und, Gott verdamm mich! es ist ein gebildetes Mädchen, denn sie hat volle Brüste und trägt ein weißes Kleid und spielt Klavier!“ – Aber der Schweizer weinte und küsste zärtlich meine Hand und wimmerte beständig: „O Bäbeli! O Bäbeli!“

In diesem verworrenen Treiben, wo die Teller tanzen und die Gläser fliegen lernten, saßen mir gegenüber zwei Jünglinge, schön und blaß wie Marmorbilder, der eine mehr dem Adonis, der andere mehr dem Apollo ähnlich. Kaum bemerkbar war der leichte Rosenhauch, den der Wein über ihre Wangen hinwarf. Mit unendlicher Liebe sahen sie sich einander an, als wenn einer lesen könnte in den Augen des andern; und in diesen Augen strahlte es, als wären einige Lichttropfen hineingefallen aus jener Schale voll lodernder Liebe, die ein frommer Engel dort oben von einem Stern zum andern hinüberträgt. Sie sprachen leise, mit sehnsuchtbebender Stimme, und es waren traurige Geschichten, aus denen ein wunderschmerzlicher Ton hervorklang. „Die Lore ist jetzt auch tot!“, sagte der eine und seufzte, und nach einer Pause erzählte er von einem halleschen Mädchen, das in einen Studenten verliebt war und, als dieser Halle verließ, mit niemand mehr sprach, und wenig aß und Tag und Nacht weinte und immer den

Kanarienvogel betrachtete, den der Geliebte ihr einst geschenkt hatte. „Der Vogel starb, und bald darauf ist auch die Lore gestorben!", so schloss die Erzählung, und beide Jünglinge schwiegen wieder und seufzten, als wollte ihnen das Herz zerspringen. Endlich sprach der andere: „Meine Seele ist traurig! Komm mit hinaus in die dunkle Nacht! Einatmen will ich den Hauch der Wolken und die Strahlen des Mondes. Genosse meiner Wehmut! ich liebe dich, deine Worte tönen wie Rohrgeflüster, wie gleitende Ströme, sie tönen wider in meiner Brust, aber meine Seele ist traurig!"

Nun erhoben sich die beiden Jünglinge, einer schlang den Arm um den Nacken des andern, und sie verließen das tosende Zimmer. Ich folgte ihnen nach und sah, wie sie in eine dunkle Kammer traten, wie der eine, statt des Fensters, einen großen Kleiderschrank öffnete, wie beide vor demselben, mit sehnsüchtig ausgestreckten Armen, stehen blieben und wechselweise sprachen. „Ihr Lüfte der dämmernden Nacht!", rief der Erste, „wie erquickend kühlt ihr meine Wangen! Wie lieblich spielt ihr mit meinen flatternden Locken! Ich steh auf des Berges wolkigem Gipfel, unter mir liegen die schlafenden Städte der Menschen und blinken die blauen Gewässer. Horch! dort unten im Tale rauschen die Tannen! Dort über die Hügel ziehen, in Nebelgestalten, die Geister der Väter. Oh, könnt ich mit euch jagen, auf dem Wolkenross, durch die stürmische Nacht, über die rollende See, zu den Sternen hinauf! Aber ach! ich bin beladen mit Leid, und meine Seele ist traurig!" – Der andere Jüngling hatte ebenfalls seine Arme sehnsuchtsvoll nach dem Kleiderschrank ausgestreckt, Tränen stürzten aus seinen Augen, und zu einer gelbledernen Hose, die er für den Mond hielt, sprach er mit wehmütiger Stimme: „Schön bist du, Tochter des Himmels! Holdselig ist deines Antlitzes Ruhe! Du wandelst einher in Lieblichkeit! Die Sterne folgen deinen blauen Pfaden im Osten. Bei deinem Anblick erfreuen sich die Wolken, und es lichten sich ihre düstern Gestalten. Wer gleicht dir am Himmel, Erzeugte der Nacht? Beschämt in deiner Gegenwart sind die Sterne und wenden ab die grün funkelnden Augen. Wohin, wenn des Morgens dein Antlitz erbleicht, entfliehst du von deinem Pfade? Hast du gleich mir deine Halle? Wohnst du im Schatten der Wehmut? Sind deine Schwestern vom Himmel gefallen? Sie, die freudig mit dir die Nacht durchwallten, sind sie nicht mehr? Ja, sie fielen herab, o schönes Licht, und du verbirgst dich oft, sie zu betrauern. Doch einst wird kommen die Nacht, und du, auch du bist vergangen und hast deine blauen Pfade dort oben verlassen. Dann erheben die Sterne ihre grünen Häupter, die einst deine Gegenwart beschämt, sie werden sich freuen. Doch jetzt bist du gekleidet in deiner Strahlenpracht und schaust herab aus den Toren des Himmels. Zerreißt die Wolken, o Winde, damit die Erzeugte der Nacht hervorzuleuchten vermag und die buschigen Berge erglänzen und das Meer seine schäumenden Wogen rolle in Licht!“

Ein wohl bekannter, nicht sehr magerer Freund, der mehr getrunken als gegessen hatte, obgleich er auch heute Abend, wie gewöhnlich, eine Portion Rindfleisch verschlungen, wovon sechs Gardeleutnants und ein unschuldiges Kind satt geworden wären, dieser kam jetzt in allzu gutem Humor, d. h. ganz en Schwein, vorbeigerannt, schob die beiden elegischen Freunde etwas unsanft in den Schrank hinein, polterte nach der Haustüre und wirtschaftete draußen ganz mörderlich. Der Lärm im Saal wurde auch immer verworrener und dumpfer. Die beiden Jünglinge im Schrank jammerten und wimmerten, sie lägen zerschmettert am Fuße des Berges; aus dem Hals strömte ihnen der edle Rotwein, sie überschwemmten sich wechselseitig, und der eine sprach zum andern: „Lebe wohl! Ich fühle, dass ich verblute. Warum weckst du mich, Frühlingsluft? Du buhlst und sprichst: Ich betaue dich mit Tropfen des Himmels. Doch die Zeit meines Welkens ist nahe, nahe der Sturm, der meine Blätter herabstört! Morgen wird der Wanderer kommen, kommen, der mich sah in meiner Schönheit, ringsum wird sein Auge im Felde mich suchen und wird mich nicht finden. –“ Aber alles übertobte die wohl bekannte Bassstimme, die draußen vor der Türe, unter Fluchen und Jauchzen, sich gottlästerlich beklagte, dass auf der ganzen dunkeln Weender Straße keine einzige Laterne brenne und man nicht einmal sehen könne, bei wem man die Fensterscheiben eingeschmissen habe.

Ich kann viel vertragen – die Bescheidenheit erlaubt mir nicht, die Bouteillenzahl zu nennen –, und ziemlich gut konditioniert gelangte ich nach meinem Schlafzimmer. Der junge Kaufmann lag schon im Bette, mit seiner kreideweißen Nachtmütze und safrangelben Jacke von Gesundheitsflanell. Er schlief noch nicht und suchte ein Gespräch mit mir anzuknüpfen. Er war ein Frankfurt-am-Mainer, und folglich sprach er gleich von den Juden, die alles Gefühl für das Schöne und Edle verloren haben und die englischen Waren 25 Prozent unter dem Fabrikpreise verkaufen. Es ergriff mich die Lust, ihn etwas zu mystifizieren; deshalb sagte ich ihm: ich sei ein Nachtwandler und müsse im Voraus um Entschuldigung bitten, für den Fall, dass ich ihn etwa im Schlafe stören möchte. Der arme Mensch hat deshalb, wie er mir den andern Tag gestand, die ganze Nacht nicht geschlafen, da er die Besorgnis hegte, ich könnte mit meinen Pistolen, die vor meinem Bette lagen, im Nachtwandlerzustande ein Malheur anrichten. Im Grunde war es mir nicht viel besser als ihm gegangen, ich hatte sehr schlecht geschlafen. Wüste, beängstigende Phantasiegebilde. Ein Klavierauszug aus Dantes „Hölle". Am Ende träumte mir gar, ich sähe die Aufführung einer juristischen Oper, die „Falcidia" geheißen, erbrechtlicher Text von Gans und Musik von Spontini. Ein toller Traum. Das römische Forum leuchtete prächtig, Serv. Asinius Göschenus als Prätor auf seinem Stuhle, die Toga in stolze Falten werfend, ergoss sich in polternden Rezitativen; Marcus Tullius Elversus, als Prima Donna legataria, all seine holde Weiblichkeit offenbarend, sang die liebeschmelzende Bravourarie quicunque civis romanus; ziegelrot geschminkte Referendarien brüllten als Chor der Unmündigen; Privatdozenten, als Genien in fleischfarbigen Trikot gekleidet, tanzten ein antejustinianeisches Ballett und bekränzten mit Blumen die zwölf Tafeln, unter Donner und Blitz stieg aus der Erde der beleidigte Geist der römischen Gesetzgebung, hierauf Posaunen, Tamtam, Feuerregen, cum omni causa.

Aus diesem Lärmen zog mich der Brockenwirt, indem er mich weckte, um den Sonnenaufgang anzusehen. Auf dem Turm fand ich schon einige Harrende, die sich die frierenden Hände rieben, andere, noch den Schlaf in den Augen, taumelten herauf. Endlich stand die stille Gemeinde von gestern Abend wieder ganz versammelt, und schweigend sahen wir, wie am Horizonte die kleine karmoisinrote Kugel emporstieg, eine winterlich dämmernde Beleuchtung sich verbreitete, die Berge wie in einem weiß wallenden Meere schwammen und bloß die Spitzen derselben sichtbar hervortraten, sodass man auf einem kleinen Hügel zu stehen glaubte, mitten auf einer überschwemmten Ebene, wo nur hier und da eine trockene Erdscholle hervortritt. Um das Gesehene und Empfundene in Worten festzuhalten, zeichnete ich folgendes Gedicht:

Heller wird es schon im Osten
durch der Sonne kleines Glimmen,
weit und breit die Bergesgipfel
in dem Nebelmeere schwimmen.

Hätt ich Siebenmeilenstiefel,
lief ich mit der Hast des Windes
über jene Bergesgipfel,
nach dem Haus des lieben Kindes.

Von dem Bettchen, wo sie schlummert,
zög ich leise die Gardinen,
leise küsst ich ihre Stirne,
leise ihres Munds Rubinen.

Und noch leiser wollt ich flüstern
in die kleinen Lilienohren:
„Denk im Traum, dass wir uns lieben,
und dass wir uns nie verloren."

Indessen, meine Sehnsucht nach einem Frühstück war ebenfalls groß, und nachdem ich meinen Damen einige Höflichkeiten gesagt, eilte ich hinab, um in der warmen Stube Kaffee zu trinken. Es tat Not; in meinem Magen sah es so nüchtern aus wie in der Goslar'schen Stephanskirche. Aber mit dem arabischen Trank rieselte mir auch der warme Orient durch die Glieder, östliche Rosen umdufteten mich, süße Bulbul-Lieder erklangen, die Studenten verwandelten sich in Kamele, die Brockenhausmädchen mit ihren Congreveschen Blicken wurden zu Houris, die Philisternasen wurden Minaretts usw.

Das Buch, das neben mir lag, war aber nicht der Koran. Unsinn enthielt es freilich genug. Es war das so genannte Brockenbuch, worin alle Reisenden, die den Berg erstiegen, ihre Namen schreiben und die meisten noch einige Gedanken und, in Ermangelung derselben, ihre Gefühle hinzunotieren. Viele drücken sich sogar in Versen aus. In diesem Buche sieht man, welche Gräuel entstehen, wenn der große Philistertross bei gebräuchlichen Gelegenheiten, wie hier auf dem Brocken, sich vorgenommen hat, poetisch zu werden. Der Palast des Prinzen von Pallagonia enthält keine so großen Abgeschmacktheiten wie dieses Buch, wo besonders hervorglänzen die Herren Akziseeinnehmer mit ihren verschimmelten Hochgefühlen, die Kontorjünglinge mit ihren pathetischen Seelenergüssen, die altdeutschen Revolutionsdilettanten mit ihren Turngemeinplätzen, die Berliner Schullehrer mit ihren verunglückten Entzückungsphrasen usw. Herr Johannes Hagel will sich auch mal als Schriftsteller zeigen. Hier wird des Sonnenaufgangs majestätische Pracht beschrieben; dort wird geklagt über schlechtes Wetter, über getäuschte Erwartungen, über den Nebel, der alle Aussicht versperrt. „Benebelt heraufgekommen und benebelt hinuntergegangen!" ist ein stehender Witz, der hier von Hunderten nachgerissen wird.

Das ganze Buch riecht nach Käse, Bier und Tabak; man glaubt einen Roman von Clauren zu lesen.

Während ich nun besagtermaßen Kaffee trank und im Brockenbuche blätterte, trat der Schweizer mit hochroten Wangen herein, und voller Begeisterung erzählte er von dem erhabenen Anblick, den er oben auf dem Turm genossen, als das reine, ruhige Licht der Sonne, Sinnbild der Wahrheit, mit den nächtlichen Nebelmassen gekämpft, dass es ausgesehen habe wie eine Geisterschlacht, wo zürnende Riesen ihre langen Schwerter ausstrecken, geharnischte Ritter, auf bäumenden Rossen, einherjagen, Streitwagen, flatternde Banner, abenteuerliche Tierbildungen aus dem wildesten Gewühle hervortauchen, bis endlich alles in den wahnsinnigsten Verzerrungen zusammenkräuselt, blasser und blasser zerrinnt und spurlos verschwindet. Diese demagogische Naturerscheinung hatte ich versäumt, und ich kann, wenn es zur Untersuchung kommt, eidlich versichern, dass ich von nichts weiß als vom Geschmack des guten braunen Kaffees. Ach, dieser war sogar schuld, dass ich meine schöne Dame vergessen, und jetzt stand sie vor der Tür, mit Mutter und Begleiter, im Begriff, den Wagen zu besteigen. Kaum hatte ich noch Zeit, hinzueilen und ihr zu versichern, dass es kalt sei. Sie schien unwillig, dass ich nicht früher gekommen; doch ich glättete bald die missmutigen Falten ihrer schönen Stirn, indem ich ihr eine wunderliche Blume schenkte, die ich den Tag vorher, mit halsbrecherischer Gefahr, von einer steilen Felsenwand gepflückt hatte. Die Mutter verlangte den Namen der Blume zu wissen, gleichsam als ob sie es unschicklich fände, dass ihre Tochter eine fremde, unbekannte Blume vor die Brust stecke – denn wirklich, die Blume erhielt diesen beneidenswerten Platz, was sie sich gewiss gestern auf ihrer einsamen Höhe nicht träumen ließ. Der schweigsame Begleiter öffnete jetzt auf einmal den Mund, zählte die Staubfäden der Blume und sagte ganz trocken: „Sie gehört zur achten Klasse.“

Es ärgert mich jedes Mal, wenn ich sehe, dass man auch Gottes liebe Blumen, ebenso wie uns, in Kasten geteilt hat, und nach ähnlichen Äußerlichkeiten, nämlich nach Staubfäden-Verschiedenheit. Soll doch mal eine Einteilung stattfinden, so folge man dem Vorschlage Theophrasts, der die Blumen mehr nach dem Geiste, nämlich nach ihrem Geruch, einteilen wollte. Was mich betrifft, so habe ich in der Naturwissenschaft mein eigenes System, und demnach teile ich alles ein: in dasjenige, was man essen kann, und in dasjenige, was man nicht essen kann.

Jedoch der ältern Dame war die geheimnisvolle Natur der Blumen nichts weniger als verschlossen, und unwillkürlich äußerte sie, dass sie von den Blumen, wenn sie noch im Garten oder im Topfe wachsen, recht erfreut werde, dass hingegen ein leises

Schmerzgefühl, traumhaft beängstigend, ihre Brust durchzittere, wenn sie eine abgebrochene Blume sehe – da eine solche doch eigentlich eine Leiche sei und so eine gebrochene, zarte Blumenleiche ihr welkes Köpfchen recht traurig herabhängen lasse, wie ein totes Kind. Die Dame war fast erschrocken über den trüben Widerschein ihrer Bemerkung, und es war meine Pflicht, denselben mit einigen Voltaire'schen Versen zu verscheuchen. Wie doch ein paar französische Worte uns gleich in die gehörige Konvenienzstimmung zurückversetzen können! Wir lachten, Hände wurden geküsst, huldreich wurde gelächelt, die Pferde wieherten, und der Wagen holperte, langsam und beschwerlich, den Berg hinunter.

Nun machten auch die Studenten Anstalt zum Abreisen, die Ranzen wurden geschnürt, die Rechnungen, die über alle Erwartung billig ausfielen, berichtigt; die empfänglichen Hausmädchen, auf deren Gesichtern die Spuren glücklicher Liebe, brachten, wie gebräuchlich ist, die Brockensträußchen, halfen solche auf die Mützen befestigen, wurden dafür mit einigen Küssen oder Groschen honoriert, und so stiegen wir alle den Berg hinab, indem die einen, wobei der Schweizer und Greifswalder, den Weg nach Schierke einschlugen und die andern, ungefähr zwanzig Mann, wobei auch meine Landsleute und ich, angeführt von einem Wegweiser, durch die so genannten Schneelöcher hinabzogen nach Ilsenburg.

Das ging über Hals und Kopf. Hallesche Studenten marschieren schneller als die östreichische Landwehr. Ehe ich mich dessen versah, war die kahle Partie des Berges mit den darauf zerstreuten Steingruppen schon hinter uns, und wir kamen durch einen Tannenwald, wie ich ihn den Tag vorher gesehen. Die Sonne goss schon ihre festlichsten Strahlen herab und beleuchtete die humoristisch bunt gekleideten Burschen, die so munter durch das Dickicht drangen, hier verschwanden, dort wieder zum Vorschein kamen, bei Sumpfstellen über die quer gelegten Baumstämme liefen, bei abschüssigen Tiefen an den rankenden Wurzeln kletterten, in den ergötzlichsten Tonarten emporjohlten und ebenso lustige Antwort zurückerhielten von den zwitschernden Waldvögeln, von den rauschenden Tannen, von den unsichtbar plätschernden Quellen und von dem schallenden Echo. Wenn frohe Jugend und schöne Natur zusammenkommen, so freuen sie sich wechselseitig.

Je tiefer wir hinabstiegen, desto lieblicher rauschte das unterirdische Gewässer, nur hier und da, unter Gestein und Gestrüppe, blinkte es hervor und schien heimlich zu lauschen, ob es ans Licht treten dürfe, und endlich kam eine kleine Welle entschlossen hervorgesprungen. Nun zeigt sich die gewöhnliche Erscheinung: ein Kühner macht den Anfang, und der große Tross der Zagenden wird plötzlich, zu seinem eigenen Erstaunen, von Mut ergriffen und eilt, sich mit jenem Ersten zu vereinigen. Eine Menge anderer Quellen hüpften jetzt hastig aus ihrem Versteck, verbanden sich mit der zuerst hervorgesprungenen, und bald bildeten sie zusammen ein schon bedeutendes Bächlein, das in unzähligen Wasserfällen und in wunderlichen Windungen das Bergtal hinabrauscht. Das ist nun die Ilse, die liebliche, süße Ilse. Sie zieht sich durch das gesegnete Ilsetal, an dessen beiden Seiten sich die Berge allmählich höher erheben, und diese sind bis zu ihrem Fuße meistens mit Buchen, Eichen und gewöhnlichem Blattgesträuche bewachsen, nicht mehr mit Tannen und anderm Nadelholz. Denn jene Blätterholzart wird vorherrschend auf dem „Unterharze", wie man die Ostseite des Brockens nennt, im Gegensatz zur Westseite desselben, die der „Oberharz" heißt und wirklich viel höher ist und also auch viel geeigneter zum Gedeihen der Nadelhölzer.

Es ist unbeschreibbar, mit welcher Fröhlichkeit, Naivität und Anmut die Ilse sich hinunterstürzt über die abenteuerlich gebildeten Felsstücke, die sie in ihrem Laufe findet, sodass das Wasser hier wild emporzischt oder schäumend überläuft, dort aus allerlei Steinspalten, wie aus tollen Gießkannen, in reinen Bögen sich ergießt und unten wieder über die kleinen Steine hintrippelt, wie ein munteres Mädchen. Ja, die Sage ist wahr, die Ilse ist eine Prinzessin, die lachend und blühend den Berg hinabläuft. Wie blinkt im Sonnenschein ihr weißes Schaumgewand! Wie flattern im Winde ihre silbernen Busenbänder! Wie funkeln und blitzen ihre Diamanten! Die hohen Buchen stehen dabei gleich ernsten Vätern, die verstohlen lächelnd dem Mutwillen des lieblichen Kindes zusehen; die weißen Birken bewegen sich tantenhaft vergnügt und doch zugleich ängstlich über die gewagten Sprünge; der stolze Eichbaum schaut drein wie ein verdrießlicher Oheim, der das schöne Wetter bezahlen soll; die Vögelein in den Lüften jubeln ihren Beifall, die Blumen am Ufer flüstern zärtlich: „Oh, nimm uns mit, nimm uns mit, lieb Schwesterchen!" – aber das lustige Mädchen springt unaufhaltsam weiter, und plötzlich ergreift sie den träumenden Dichter, und es strömt auf mich herab ein Blumenregen von klingenden Strahlen und strahlenden Klängen, und die Sinne vergehen mir vor lauter Herrlichkeit, und ich höre nur noch die flötensüße Stimme:

„Ich bin die Prinzessin Ilse,
und wohne im Ilsenstein;
komm mit nach meinem Schlosse,
wir wollen selig sein.

Dein Haupt will ich benetzen
mit meiner klaren Well,
du sollst deine Schmerzen vergessen,
du sorgenkranker Gesell!

In meinen weißen Armen,
an meiner weißen Brust,
da sollst du liegen und träumen
von alter Märchenlust.

Ich will dich küssen und herzen,
wie ich geherzt und geküsst
den lieben Kaiser Heinrich,
der nun gestorben ist.

Es bleiben tot die Toten,
und nur der Lebendige lebt;
und ich bin schön und blühend,
mein lachendes Herze bebt.

Und bebt mein Herz dort unten,
so klingt mein kristallenes Schloss,
da tanzen die Fräulein und Ritter,
es jubelt der Knappentross.

Es rauschen die seidenen Schleppen,
es klirren die Eisenspor'n,
die Zwerge trompeten und pauken,
und fiedeln und blasen das Horn.

Doch dich soll mein Arm umschlingen,
wie er Kaiser Heinrich umschlang;
ich hielt ihm zu die Ohren,
wenn die Trompet erklang."

Unendlich selig ist das Gefühl, wenn die Erscheinungswelt mit unserer Gemütswelt zusammenrinnt und grüne Bäume, Gedanken, Vogelsang, Wehmut, Himmelsbläue, Erinnerung und Kräuterduft sich in süßen Arabesken verschlingen. Die Frauen kennen am besten dieses Gefühl, und darum mag auch ein so holdselig ungläubiges Lächeln um ihre Lippen schweben, wenn wir mit Schulstolz unsere logischen Taten rühmen, wie wir alles so hübsch eingeteilt in objektiv und subjektiv, wie wir unsere Köpfe apothekenartig mit tausend Schubladen versehen, wo in der einen Vernunft, in der andern Verstand, in der dritten Witz, in der vierten schlechter Witz und in der fünften gar nichts, nämlich die Idee, enthalten ist.

Wie im Traume fortwandelnd, hatte ich fast nicht bemerkt, dass wir die Tiefe des Ilsetales verlassen und wieder bergauf stiegen. Dies ging sehr steil und mühsam, und mancher von uns kam außer Atem. Doch wie unser seliger Vetter, der zu Mölln begraben liegt, dachten wir im Voraus ans Bergabsteigen und waren umso vergnügter. Endlich gelangten wir auf den Ilsenstein.

Das ist ein ungeheurer Granitfelsen, der sich lang und keck aus der Tiefe erhebt. Von drei Seiten umschließen ihn die hohen, waldbedeckten Berge, aber die vierte, die Nordseite, ist frei, und hier schaut man das unten liegende Ilsenburg und die Ilse, weit hinab ins niedere Land. Auf der turmartigen Spitze des Felsens steht ein großes, eisernes Kreuz, und zur Not ist da noch Platz für vier Menschenfüße.

Wie nun die Natur, durch Stellung und Form, den Ilsenstein mit phantastischen Reizen geschmückt, so hat auch die Sage ihren Rosenschein darüber ausgegossen. Gottschalk berichtet: „Man erzählt, hier habe ein verwünschtes Schloss gestanden, in welchem die reiche, schöne Prinzessin Ilse gewohnt, die sich noch jetzt jeden Morgen in der Ilse bade; und wer so glücklich ist, den rechten Zeitpunkt zu treffen, werde von ihr in den Felsen, wo ihr Schloss sei, geführt und königlich belohnt!“ Andere erzählen von der Liebe des Fräuleins Ilse und des Ritters von Westenberg eine hübsche Geschichte, die einer unserer bekanntesten Dichter romantisch in der „Abendzeitung“ besungen hat. Andere wieder erzählen anders: Es soll der altsächsische Kaiser Heinrich gewesen sein, der mit Ilse, der schönen Wasserfee, in ihrer verzauberten Felsenburg die kaiserlichsten Stunden genossen. Ein neuerer Schriftsteller, Herr Niemann, Wohlgeb., der ein Harzreisebuch geschrieben, worin er die Gebirgshöhen, Abweichungen der Magnetnadel, Schulden der Städte und dergleichen mit löblichem Fleiße und genauen Zahlen angegeben, behauptet indes: „Was man von der schönen Prinzessin Ilse erzählt, gehört dem Fabelreiche an.“ So sprechen alle diese Leute, denen eine solche Prinzessin niemals erschienen ist, wir aber, die wir von schönen Damen besonders begünstigt werden, wissen das besser. Auch Kaiser Heinrich wusste es. Nicht umsonst hingen die altsächsischen Kaiser so sehr an ihrem heimischen Harze. Man blättere nur in der hübschen „Lüneburger Chronik“, wo die guten alten Herren in wunderlich treuherzigen Holzschnitten abkonterfeit sind, wohlgeharnischt, hoch auf ihrem gewappneten Schlachtross, die heilige Kaiserkrone auf dem teuren Haupte, Zepter und Schwert in festen Händen; und auf den lieben, knebelbärtigen Gesichtern kann man deutlich lesen, wie oft sie sich nach den süßen Herzen ihrer Harzprinzessinnen und dem traulichen Rauschen der Harzwälder zurücksehnten, wenn sie in der Fremde weilten, wohl gar in dem zitronen- und giftreichen Welschland, wohin sie und ihre Nachfolger so oft verlockt wurden von dem Wunsche, römische Kaiser zu heißen, einer echtdeutschen Titelsucht, woran Kaiser und Reich zugrunde gingen.

Ich rate aber jedem, der auf der Spitze des Ilsensteins steht, weder an Kaiser und Reich, noch an die schöne Ilse, sondern bloß an seine Füße zu denken. Denn als ich dort stand, in Gedanken verloren, hörte ich plötzlich die unterirdische Musik des Zauberschlosses, und ich sah, wie sich die Berge ringsum auf die Köpfe stellten und die roten Ziegeldächer zu Ilsenburg anfingen zu tanzen und die grünen Bäume in der blauen Luft herumflogen, dass es mir blau und grün vor den Augen wurde und ich sicher, vom Schwindel erfasst, in den Abgrund gestürzt wäre, wenn ich mich nicht in meiner Seelennot ans eiserne Kreuz festgeklammert hätte. Dass ich, in so misslicher Stellung, dieses Letztere getan habe, wird mir gewiss niemand verdenken.

*

Die „Harzreise“ ist und bleibt Fragment, und die bunten Fäden, die so hübsch hineingesponnen sind, um sich im Ganzen harmonisch zu verschlingen, werden plötzlich, wie von der Schere der unerbittlichen Parze, abgeschnitten. Vielleicht verwebe ich sie weiter in künftigen Liedern, und was jetzt kärglich verschwiegen ist, wird alsdann vollauf gesagt. Am Ende kommt es auch auf eins heraus, wann und wo man etwas ausgesprochen hat, wenn man es nur überhaupt einmal ausspricht. Mögen die einzelnen Werke immerhin Fragmente bleiben, wenn sie nur in ihrer Vereinigung ein Ganzes bilden. Durch solche Vereinigung mag hier und da das Mangelhafte ergänzt, das Schroffe ausgeglichen und das allzu Herbe gemildert werden. Dieses würde vielleicht schon bei den ersten Blättern der „Harzreise“ der Fall sein, und sie könnten wohl einen minder sauern Eindruck hervorbringen, wenn man anderweitig erführe, dass der Unmut, den ich gegen Göttingen im Allgemeinen hege, obschon er noch größer ist, als ich ihn ausgesprochen, doch lange nicht so groß ist wie die Verehrung, die ich für einige Individuen dort empfinde. Und warum sollte ich es verschweigen: ich meine hier ganz besonders jenen viel teueren Mann, der schon in frühern Zeiten sich so freundlich meiner annahm, mir schon damals eine innige Liebe für das Studium der Geschichte einflößte, mich späterhin in dem Eifer für dasselbe bestärkte und dadurch meinen Geist auf ruhigere Bahnen führte, meinem Lebensmute heilsamere Richtungen anwies und mir überhaupt jene historischen Tröstungen bereitete, ohne welche ich die qualvollen Erscheinungen des Tages nimmermehr ertragen würde. Ich spreche von Georg Sartorius, dem großen Geschichtsforscher und Menschen, dessen Auge ein klarer Stern ist in unserer dunkeln Zeit, und dessen gastliches Herz offen steht für alle fremden Leiden und Freuden, für die Besorgnisse des Bettlers und des Königs und für die letzten Seufzer untergehender Völker und ihrer Götter.

Ich kann nicht umhin, hier ebenfalls anzudeuten, dass der Oberharz, jener Teil des Harzes, den ich bis zum Anfang des Ilsetales beschrieben habe, bei weitem keinen so erfreulichen Anblick wie der romantisch malerische Unterharz gewährt und in seiner wildschroffen, tannendüstern Schönheit gar sehr mit demselben kontrastiert; so wie ebenfalls die drei von der Ilse, von der Bode und von der Selke gebildeten Täler des Unterharzes gar anmutig untereinander kontrastieren, wenn man den Charakter jedes Tales zu personifizieren weiß. Es sind drei Frauengestalten, wovon man nicht so leicht zu entscheiden vermag, welche die schönste sei.

Von der lieben, süßen Ilse, und wie süß und lieblich sie mich empfangen, habe ich schon gesagt und gesungen. Die düstere Schöne, die Bode, empfing mich nicht so gnädig, und als ich sie im schmiededunkeln Rübeland zuerst erblickte, schien sie gar mürrisch und verhüllte sich in einen silbergrauen Regenschleier. Aber mit rascher Liebe warf sie ihn ab, als ich auf die Höhe der Rosstrappe gelangte, ihr Antlitz leuchtete mir entgegen in sonnigster Pracht, aus allen Zügen hauchte eine kolossale Zärtlichkeit, und aus der bezwungenen Felsenbrust drang es hervor wie Sehnsuchtseufzer und schmelzende Laute der Wehmut. Minder zärtlich, aber fröhlicher, zeigte sich mir die schöne Selke, die schöne, liebenswürdige Dame, deren edle Einfalt und heitre Ruhe alle sentimentale Familiarität entfernt hält, die aber doch durch ein halb verstecktes Lächeln ihren neckenden Sinn verrät; und diesem möchte ich es wohl zuschreiben, dass mich im Selketal gar mancherlei kleines Ungemach heimsuchte, dass ich, indem ich über das Wasser springen wollte, just in die Mitte hineinplumpste, dass nachher, als ich das nasse Fußzeug mit Pantoffeln vertauscht hatte, einer derselben mir abhanden oder vielmehr abfüßen kam, dass mir ein Windstoß die Mütze entführte, dass mir Walddorne die Beine zerfetzten, und leider so weiter. Doch all dieses Ungemach verzeihe ich gern der schönen Dame, denn sie ist schön. Und jetzt steht sie vor meiner Einbildung mit all ihrem stillen Liebreiz und scheint zu sagen: „Wenn ich auch lache, so meine ich es doch gut mit Ihnen, und ich bitte Sie, besingen Sie mich." Die herrliche Bode tritt ebenfalls hervor in meiner Erinnerung, und ihr dunkles Auge spricht: „Du gleichst mir im Stolz und im Schmerze, und ich will, dass du mich liebst." Auch die schöne Ilse kommt herangesprungen, zierlich und bezaubernd in Miene, Gestalt und Bewegung; sie gleicht ganz dem holden Wesen, das meine Träume beseligt, und ganz wie sie schaut sie mich an, mit unwiderstehlicher Gleichgültigkeit und doch zugleich so innig, so ewig, so durchsichtig wahr. – Nun, ich bin Paris, die drei Göttinnen stehen vor mir, und den Apfel gebe ich der schönen Ilse.

Es ist heute der erste Mai; wie ein Meer des Lebens ergießt sich der Frühling über die Erde, der weiße Blütenschaum bleibt an den Bäumen hängen, ein weiter, warmer Nebelglanz verbreitet sich überall; in der Stadt blitzen freudig die Fensterscheiben der Häuser, an den Dächern bauen die Spatzen wieder ihre Nestchen, auf der Straße wandeln die Leute und wundern sich, dass die Luft so angreifend und ihnen selbst so wunderlich zumute ist; die bunten Vierlanderinnen bringen Veilchensträuße; die Waisenkinder, mit ihren blauen Jäckchen und ihren lieben, unehelichen Gesichtchen, ziehen über den Jungfernstieg und freuen sich, als sollten sie heute einen Vater wieder finden; der Bettler an der Brücke schaut so vergnügt, als hätte er das Große Los gewonnen; sogar den schwarzen, noch ungehenkten Makler, der dort mit seinem spitzbübischen Manufakturwaren-Gesicht einherläuft, bescheint die Sonne mit ihren tolerantesten Strahlen – ich will hinauswandern vor das Tor.

Es ist der erste Mai, und ich denke deiner, du schöne Ilse – oder soll ich dich „Agnes" nennen, weil dir dieser Name am besten gefällt? – ich denke deiner, und ich möchte wieder zusehen, wie du leuchtend den Berg hinabläufst. Am liebsten aber möchte ich unten im Tale stehen und dich auffangen in meine Arme. – Es ist ein schöner Tag! Überall sehe ich die grüne Farbe, die Farbe der

Hoffnung. Überall, wie holde Wunder, blühen hervor die Blumen, und auch mein Herz will wieder blühen. Dieses Herz ist auch eine Blume, eine gar wunderliche. Es ist kein bescheidenes Veilchen, keine lachende Rose, keine reine Lilie oder sonstiges Blümchen, das mit artiger Lieblichkeit den Mädchensinn erfreut und sich hübsch vor den hübschen Busen stecken lässt und heute welkt und morgen wieder blüht. Dieses Herz gleicht mehr jener schweren, abenteuerlichen Blume aus den Wäldern Brasiliens, die der Sage nach alle hundert Jahre nur einmal blüht. Ich erinnere mich, dass ich als Knabe eine solche Blume gesehen. Wir hörten in der Nacht einen Schuss, wie von einer Pistole, und am folgenden Morgen erzählten mir die Nachbarskinder, dass es ihre Aloe gewesen, die mit solchem Knalle plötzlich aufgeblüht sei. Sie führten mich in ihren Garten, und da sah ich zu meiner Verwunderung, dass das niedrige, harte Gewächs mit den närrisch breiten, scharf gezackten Blättern, woran man sich leicht verletzen konnte, jetzt ganz in die Höhe geschossen war und oben, wie eine goldene Krone, die herrlichste Blüte trug. Wir Kinder konnten nicht mal so hoch hinaufsehen, und der alte, schmunzelnde Christian, der uns lieb hatte, baute eine hölzerne Treppe um die Blume herum, und da kletterten wir hinauf wie die Katzen, und schauten neugierig in den offenen Blumenkelch, woraus die gelben Strahlenfäden und wildfremden Düfte mit unerhörter Pracht hervordrangen.

Ja, Agnes, oft und leicht kommt dieses Herz nicht zum Blühen; soviel ich mich erinnere, hat es nur ein einziges Mal geblüht, und das mag schon lange her sein, gewiss schon hundert Jahr'. Ich glaube, so herrlich auch damals seine Blüte sich entfaltete, so musste sie doch aus Mangel an Sonnenschein und Wärme elendiglich verkümmern, wenn sie nicht gar von einem dunkeln Wintersturme gewaltsam zerstört worden. Jetzt aber regt und drängt es sich wieder in meiner Brust, und hörst du plötzlich den Schuss – Mädchen, erschrick nicht! ich hab mich nicht totgeschossen, sondern meine Liebe sprengt ihre Knospe und schießt empor in strahlenden Liedern, in ewigen Dithyramben, in freudigster Sangesfülle.

Ist dir aber diese hohe Liebe zu hoch, Mädchen, so mach es dir bequem und besteige die hölzerne Treppe und schaue von dieser hinab in mein blühendes Herz.

Es ist noch früh am Tage, die Sonne hat kaum die Hälfte ihres Weges zurückgelegt, und mein Herz duftet schon so stark, dass es mir betäubend zu Kopfe steigt, dass ich nicht mehr weiß, wo die Ironie aufhört und der Himmel anfängt, dass ich die Luft mit meinen Seufzern bevölkere und dass ich selbst wieder zerrinnen möchte in süße Atome, in die unerschaffene Gottheit; – wie soll das erst gehen, wenn es Nacht wird und die Sterne am Himmel erscheinen, „die unglücksel'gen Sterne, die dir sagen können – –“

Es ist der erste Mai, der lumpigste Ladenschwengel hat heute das Recht, sentimental zu werden, und dem Dichter wolltest du es verwehren?

ANHANG

Bruchstücke aus dem Nachlass, offenbar plante Heine eine Fortsetzung der „Harzreise“.

Die Suppe in Ilsenburg war ganz vortrefflich! Der Wein war vortrefflich! Und vortrefflich! in der duftenden Rosenlaube saß eine junge Schöne in Lesen vertieft, anmutig gebeugt, die goldnen Ringellocken wallten herab über das Gesicht, und als sie errötend aufblickte – welches Gesicht! Welches Auge! Der Engel, der die goldne Schale, worin das Feuer der Liebe lodert, von einem Stern zum andern trägt, hat gewiss durch Verschütten einen Lichttropfen fallen lassen in dieses Auge! Als ich näher kam, stand sie auf, das schneeweiße Kleid umfloss verräterisch die harmonischen Glieder, an Gestalt und Grazie schien sie eine Göttin. Aber zum Unglück fand ich, dass meine Göttin eben in einem Clauren'schen Romane gelesen – und in demselben Augenblick war mir, als röche die Rosenlaube nach Tabak, Schnaps und Käse, und als hätte ich heimlich bemerkt, meine Göttin trage ein paar schmutzige, gelblederne Postillionshosen.

*

Ein schönes patriotisches Lied singend, zogen wir durch das heitere Ilsenburg und kehrten ein in der „Roten Forelle“. Bei diesem guten Wirtshause, das für Rechnung des Grafen Wernigerode administriert wird, ist ein herrlicher Garten, wo ich liebliche Mädchengesichter und schöne Blumen sah und mit einigen Hallensern zu Mittag aß und wirklich gute Suppe und guten Wein genoss und des umklammerten Kreuzes gedachte, dem ich diese Genüsse verdankte und hoffentlich in der Folge noch mehr verdanken werde. Das Ilsenburger Schloss, ein hohes, graues, uraltes Gebäude aus der sächsischen Kaiserzeit, dient jetzt zu einer Salpetersiederei. Die Hallenser verließen uns hier, und mit meinen Landsleuten wanderte ich weiter nach Wernigerode. Das dortige Schloss, ein großes grauweißes Viereck mit einem Anhang von vielen kleinen Gebäuden, nichts weniger als geschmackvoll und regelmäßig und gleichsam nur des Bedürfnisses wegen leicht hingestellt, erscheint aber eben deshalb umso wohnlicher und gemütlicher, und wenn man es zuerst erblickt, wie es von seinem Berge nicht zu hoch und nicht zu niedrig so recht ernstfreundlich und wohlmeinend die Stadt überragt, so macht es einen ganz eigenen stillfreudigen Eindruck. In der Stadt selbst sah es sehr festlich aus, die Häuser waren mit großen Eichenkränzen behängt, die Leute trugen ihre besten bunten Kleider und schauten so ehrerbietig heiter, und wenn nicht aus ihren Mienen so etwas gar vergnügt Politisch-Heimliches herausgeguckt hätte, so würde ich geglaubt haben, ich sei wieder in ein niederrheinisches Städtchen versetzt, an einem schönen Palmsonntag. Die geputzte, dicke Frau Wirtin zum „Bären", die uns Bier brachte, schien sich in ihrem Fette ganz besonders selig zu fühlen und konnte sich nicht genug verwundern, wie wir es gar wüssten, dass heute die lang erwarteten gnädigen Herren Grafen nach dem Schlosse zurückgekommen wären, und ergoss sich in einer weitläufigen Beschreibung aller stattgefundenen Feierlichkeiten, Blumenkränze, Reden, Ehrenbogen, Rührung, Musik usw. Wären meine Landsleute nicht so eilig gewesen, so stände ich vielleicht noch jetzt bei der guten Dicken und ließe mir die Wernigeroder Feierlichkeiten erzählen. Wird doch mein Herz überall bewegt durch den Anblick anhänglicher Untertanstreue, und von so einem vergnügten Harznestchen, das mit powern Feierlichkeiten die Ankunft seiner mediatisierten Sedezherren verherrlichen will, wird mein Herz wohl nicht minder bewegt, als von einer leuchtenden Kaiserstadt mit ihrem jauchzenden Kaiserfest. Doch ich gesteh es, mein Herz pochte ebenfalls, und vielleicht ebenso stark, als ich vorig Jahr im Seebad Ritzebüttel zusah, wie die dortigen hanseatisch freien Bürger die Ankunft ihres frühern Amtmannes, des Senators Abendroth, und ihres Hamburger Bürgermeisters, Bartels, so würdig und mit selbstbewusster Würde feierten. Ich erinnere mich, gleichsam ohne Verabredung waren am Abend alle Häuser illuminiert, und die Einwohner standen davor in ihren Sonntagskleidern, und wie die wackern hochweisen Herren anspruchslos und kordial grüßend vorbeigingen, zogen sie alle ehrfurchtsvoll freundlich die Hüte und Mützen und blickten mit besonders herzlicher Liebe auf ihren vorigen Amtmann, der so lange Jahre treu und fleißig für sie gesorgt und ihren Wohlstand geschützt und weidlich befördert. Ich habe viele große Illuminationen gesehen, aber alle mit ihren Transparenten, Pechkränzen, Flammenaltären und Feuerspektakel haben mich nicht so tief angesprochen, wie die ruhigen, bürgerlichen Lichtchen von Ritzebüttel.

Im Wernigeroder Schloss soll manches Bemerkenswerte zu sehen sein; aber wären wir an diesem Tage hinaufgestiegen, so hätte man wahrhaftig glauben können, wir wollten die Herren Grafen sehen. Wir gingen deshalb gleich weiter nach Elbingerode. Links scheint es sich zu verflachen, rechts erblickt man die blauen Umrisse des Brockens und seiner Nachbarberge. Die Gegend ist traulich schön, es kommen Bergpässe, sogar ein Stück Landstraße, ebenfalls Tannenforste, wo die Sonne scheint durch die gepflanzten Stämme und die lieben Hirschlein spazieren gehn. Ich muss immer an die arme heilige Genoveva denken, wenn ich im Walde so ein herrliches, frommes Tier mit seinem stolzen Geweihe langsam herumwandeln sehe. Ich gehe drauf zu, um es zu küssen, und mit ängstlichen Sätzen stürzt es fort ins Dunkel, und mit Recht erwartet es nichts Gutes von den Menschen, die gewöhnlich nicht so barmherzig sind wie die Hirschkuh, die den Schmerzenreich säugte, von den bösen Menschen, die sogar – ich begreife es nicht, wie es möglich ist – ein Vergnügen daran finden, so ein wehrlos schönes Tier zu hetzen und zu töten. „Am Ganges, am Ganges wohnen Menschen."

Wir kamen in der Nacht an zu Elbingerode. Durch einen spaßhaften Zufall, dessen Erzählung nicht der Mühe lohnt, logierte ich nicht in demselben Wirtshause mit meinen Landsleuten.

Es war ein grauer Regenmorgen, als wir weitergingen nach dem Rübeland. Von beiden Seiten steigen ungeheure Berge in die Höhe, verwunderliche Felsen, in denen man kleine Höhlenöffnungen gewahrt, die vom Volke Zwerglöcher genannt werden und zur Zeit der Hunnen den Bewohnern dieser Gegend zum Zufluchtsort gedient haben sollen. Mitten durch dieses Bergtal fließt die Bode, ein breites mürrisches Wasser, das unwillig braust, wenn es sich hier und da bequemen muss, über hohe Steine stürzend und steigend seinen Weg zu nehmen. Längs der Bode ziehn sich die rußigen Häuser von Rübeland, einem Dorfe, das meistens von Eisenarbeitern bewohnt wird. Die dunkeln Schmiedegesichter schauen aus den niedern Fenstern, die Rauchwolken ziehen aus den Türen, die Hämmer schmettern, der Amboss dröhnt, und die Bode rauscht. Es sind zwei große Höhlen in dieser Gegend zu sehen, die Baumannshöhle und die Bielshöhle. Man sagte uns, die erstere sei nicht so gut zu befahren wie die andere. Ich wusste jetzt, was Fahren heißt, und bewog meine Freunde, vorzugsweise die Bielshöhle mit unserem Besuche zu beehren. Der Aufseher derselben wohnt am rechten Ufer der Bode, bei ihm zogen wir Bergmannsjacken an, und er geleitete uns über die Brücke nach dem Bielsberge, der am linken Ufer liegt. Der Berg soll seinen Namen haben von dem altdeutschen Götzen Biel, der hier verehrt worden sei. Ich weiß nichts von einem solchen Biel. Vielleicht war es Bileam. Ja, vielleicht war es gar sein Esel, dessen hochwohlgeborene Nachkommen noch bis auf heutigen Tage in Deutschland verehrt werden.

Der Leser dieser Blätter ist hier in Gefahr, dass ich zu noch sinnreicheren Hypothesen übergehe, indem mir in diesem Augenblick wieder chaotisch alles das ins Gedächtnis aufsteigt, was ich mit so vielem Fleiße über deutsche Urgeschichte gelesen und vor fünf Jahren zu Bonn in den Kollegien meiner vielteuren Lehrer Schlegel, Arndt, Hüllmann, Radlof usw. gehört habe; – wobei ich noch nicht schmerzlich genug bedauern kann, dass Letzterer mit seiner deutschen Urgeschichte nicht weit gekommen ist, bis Sesostris, welcher, wie den Lesern des Herodots bekannt ist, so große Kriegsreisen gemacht hat und daher gewiss auch in Deutschland war und folglich zur deutschen Urgeschichte gehört. Gewiss hat sich auch Gott Biel mit Sesostris herumgeschlagen. Vielleicht schreibe ich in der Folge eine Commentatio egyptico-teutonica de pro patria paukereya dei Bilii cum rege Sesostri, ein stockgelehrtes Werk, worinnen ich die Schriften Pesserons, Court de Gébelin usw. nebst deren Zitaten benutzen und damit die Greifswalder Doktorwürde erlangen werde.

Auch neuere Schriftsteller, die sich deshalb binnen sechs Monat' bei mir melden wollen, werde ich in diesem gelehrten Werk zitieren, und zwar mit ihrer Straße und Hausnummer, wie es durchaus nötig ist bei manchen obskuren Autoren, die vielleicht nur die einzigen sind, die ihr Opus besitzen, während der unglückliche Verleger es längst ins Käsearchiv abgeliefert. Außerdem werde ich mein Werk dem Freunde aller patriotischen Anstrengungen, dem Herrn Geheimrat Schmalz, Ritter des verdienten Ordens, liebevoll zueignen und dasselbe noch mit kritisch genauen Zeichnungen verzieren, worunter gar besonders merkwürdig sein wird: der Gott Biel in altdeutscher Tracht, der Tempel des Gottes Biels, wie er ungefähr ausgesehen haben muss, wenn er wirklich existiert hat, der Bielsberg mit dem Eingang zur Höhle, wo einige hoffnungsvolle Söhne Westfalens im Regen stehen und fluchen, bis der langsame Führer die Höhlentüre geöffnet und die Lampen angezündet und jeden der werten Herren damit versehen und sie freundlich ersucht, langsam hinabzufolgen.

Ich möchte einem 6 Groschen geben, wer hier statt meiner das Innere der Bielshöhle beschriebe. Es fehlt mir wirklich an den dazugehörigen Sachkenntnissen. Freilich ist es eine bekannte Erscheinung, dass man über eine Sache desto besser schreibt, je weniger man davon versteht. (Wegen Mangel an Raum kann ich die große Menge hierher gehöriger Autoren nicht zitieren, und obendrein, zum Behuf der Hausnummern habe ich in diesem Augenblick das Berliner Adressbuch nicht bei der Hand.)

Ich kann von der Bielshöhle nur sagen, dass sie weiter ist als das Berliner Schauspielhaus und enger ist als die Seele eines wahren

Dichters. Die Bielshöhle besteht eigentlich aus einer Verbindung von fünfzehn Höhlen, die man ziemlich bequem besehen kann und wo man nur hier und da auf Leitern herabsteigen oder durchkriechen oder sich durchwinden muss.

Ich verstehe mich nur auf eine einzige Steinart – O süßes Herz! –, und ich kann bloß referieren, was man mir gesagt hat, nämlich dass sie aus Tropfstein gebildet. Dieser hat an allen Ecken die abenteuerlichsten Gestalten hervorgebracht. Die interessanteste ist „die betende Nonne“. Wirklich, es sieht aus, als ob diese von Bildhauerhand reliefartig in den Stein gemeißelt worden.

Andere Figuren entsprechen mehr oder minder den Namen, womit die Phantasie des Höhlenaufsehers sie getauft hat. Hier ist eine spinnende Jungfrau mit fliegenden Haaren, eine Mutter Gottes mit dem Kinde, Fische, Burgen, Riesen, Kammermädchen, Vögel, ja sogar ein Judentempel. In Letzterem, unter den versteinerten Juden, ist besonders merkwürdig ein Zuckermakler mit dreieckigem Hut und Reformationsgesicht.

Hier und da glaubt man an der Wand versteinerte Wasserfälle zu sehen, auch der Boden bildet hier und da versteinerte Wellen; die oberen Wölbungen sind meistens wie die eines gotischen Doms. Letzteres mahnte mich ganz besonders an die erste Zeit der christlichen Kirche, wo die frommen Verehrer des ewigen Wortes nur in versteckten Höhlen ihre Andacht verrichten durften und jene mystische Süßigkeit genossen, womit jeder verfolgte Glaube seine Bekenner für ihre Opfer tausendfach entschädigt.

Gefühlsstörend war es, als plötzlich unser Führer eine kanzelartige Höhe erstieg, im Predigertone einige Reime hersagte und nachher mit einem Schlüssel einige Tropfstein-Säulen anschlug, die zwar wie Orgelpfeifen aussahen, aber schlecht klangen. Indessen, diese Tropfstein-Säulen leiteten mich auf eine Hypothese, womit ich die Unzahl derjenigen vermehren will, die über die Entstehung der gotischen Baukunst zutage gefördert worden.

NACHWORT

Schillernd und umstritten wie sein Werk zu Lebzeiten und lange später immer wieder ist bereits das Geburtsdatum Heinrich, damals noch Harry Heines. Um des Bonmots willen, „einer der ersten Männer des Jahrhunderts“ zu sein, gab er vor, in der Neujahrsnacht 1800 geboren zu sein. In Wahrheit ist es der 13. Dezember 1797. Der Vater, der Jude Samson Heine, betrieb in Düsseldorf ein Tuchgeschäft, die Mutter, Betty van Gelder, war sprachlich und literarisch bewandert, musikalisch und politisch interessiert. Harry, ältestes von vier Kindern, besuchte von 1807 bis 1814 das Düsseldorfer Lyzeum, begann dann nach dem Willen der Mutter eine Banklehre – zunächst in Frankfurt, ab 1817 bei einem Bruder des Vaters, Salomon Heine, in Hamburg. Mit finanzieller Unterstützung dieses Onkels eröffnete er 1818 ein Tuchgeschäft in Hamburg, das jedoch schon ein gutes Jahr später in Konkurs ging.

Salomon Heine finanzierte seinem Neffen nun ein Jurastudium: zunächst 1819/20 in Bonn (hier hörte er auch Vorlesungen August Wilhelm Schlegels über die Geschichte der deutschen Sprache), dann in Göttingen, das er allerdings am 23. Januar 1821 wegen eines geplanten Duells mit dem consilium abeundi verlassen musste. Die Fortsetzung der Studien erfolgte in Berlin (1821–1823), hier hatte Heine Zugang zum literarischen Salon der Rahel Varnhagen, in dem auch Chamisso, Fouqué, Hegel und Humboldt verkehrten. Dieser Salon wurde besonders wichtig für die literarische Geselligkeit in der Spätromantik und im Biedermeier, für die Zunahme der Goethe-Verehrung, die geistige Emanzipation des Judentums und für die Anfänge der Frauenbewegung. Außerdem trat er dem „Verein für Kultur und Wissenschaft des Judentums“ bei.

In Berlin herrschte damals dic Restauration; politische Enge und geistige Stumpfheit manifestierten sich in einer allmächtigen Zensur. Weder Kleists „Prinz Friedrich von Homburg“ noch Schillers „Wilhelm Tell“ oder Goethes „Egmont“ durften aufgeführt werden. Damit war – ein Jahrzehnt nach dem Feuer und der Begeisterung der Freiheitskriege – eine politisch und geistig relevante öffentliche Diskussion unterbunden, man konnte allenfalls Theater- und Gesellschaftsklatsch nachreden. Ludwig Marcuse beurteilt in seiner Heine-Biographie die „geistige“ Situation jener Zeit so: „Damals wurde der Star geboren. Tänzerinnen und Sängerinnen standen hoch im Kurs ... Der Star ist der Götze einer Masse, die nichts anderes zum Anbeten hat“ (1960, S. 50 f). In Berlin veröffentlichte Heine seine ersten Gedichte und Tragödien und nahm Kontakt auf zu dem Hamburger Verleger Julius Campe (Hamburg unterlag nicht der besonders kleinlichen preußischen Zensur).

1824 wurde das Studium dann wieder in Göttingen fortgesetzt, wo Heine im folgenden Jahr zum Doktor iuris promoviert wurde. Im selben Jahr trat er in Heiligenstadt zum protestantischen Glauben über, um seine beruflichen Chancen zu verbessern, und änderte seinen Vornamen in „Heinrich“. Im September/Oktober 1824 unternahm er von Göttingen aus eine längere Fußwanderung durch den Harz bis nach Jena und Weimar, wo er Goethe besuchte, und kehrte zurück über Eisenach und Kassel.

Erlebnisse und Eindrücke dieser Reise, soweit sie seine Wanderung durch den Oberharz betrafen, schrieb er noch im selben Jahr nieder. Das Manuskript sollte zunächst 1825 in einem Almanach erscheinen, wurde dann aber Anfang 1826 von einer Berliner Zeitschrift in einer von der Zensur ziemlich zusammengestrichenen Fassung veröffentlicht. Heine hatte diese Eingriffe vorausgesehen: „Ich bin neugierig, wie viel Tannenbäume mir die Censur auf dem Oberharze streichen wird" (Brief vom 6. 12. 1825). So ließ er „Die Harzreise" als Erstes der „Reisebilder" noch im Frühjahr 1826 bei Campe in Hamburg als Buch erscheinen – unzensiert. Der Erfolg war groß; genauso war es im folgenden Jahr mit dem „Buch der Lieder", womit er im Ausland der noch heute bekannteste deutsche Lyriker wurde.

In diesen Jahren machte Heine Reisen nach Norderney, England und Italien und besuchte Helgoland (wo im August 1841 der damalige Professor für deutsche Sprache und Literatur in Breslau und spätere Bibliothekar des Klosters Corvey August Heinrich Hoffmann von Fallersleben das „Lied der Deutschen" schrieb) und hoffte vergeblich auf eine Professur in München. 1831 ging er als Korrespondent der Augsburger „Allgemeinen Zeitung" nach Paris – einer der vielen Deutschen, in denen der Ausbruch der Julirevolution 1830 neue politische Hoffnungen erweckte. Als die Schriften des „Jungen Deutschland" am 10. 12. 1835 vom Deutschen Bundestag verboten wurden, waren davon vor allem Heines Veröffentlichungen betroffen. Die Regierung der freien Stadt Hamburg wurde eigens aufgefordert, „insbesondere der Hoffmann und Campeschen Buchhandlung zu Hamburg, welche vorzugsweise Schriften obiger Art in Verlag und Vertrieb hat, die geeignete Verwarnung zugehen zu lassen". Ein sachlich argumentierender Protest Heines gegen diesen Beschluss (in einem Schreiben vom 28. 1. 1836) blieb unbeantwortet.

Warum Heines Schriften von der Zensur als politisch gefährlich und aufrührerisch angesehen wurden, ist auch aus der „Harzreise" unschwer zu ersehen. Sie ist nur scheinbar eine Reiseschilderung und Städtebeschreibung. In seinen vermeintlich harmlosen Anekdoten und – schon deutlicher – in seinen ironischen Anspielungen und Ausfällen setzte der Autor sich mit den drängenden politischen und gesellschaftlichen Zeitproblemen auseinander: ob er nun die in wissenschaftliche Weltfremdheit flüchtenden Verfasser gelehrter Abhandlungen kritisierte, die platte Vergnügungssucht des Berliner Theaterpublikums geißelte oder den zeitgenössischen Leser Vergleiche ziehen ließ zwischen dem Deutschen Reich der sächsischen Kaiserzeit und seiner Gegenwart der Duodezfürsten und „mediatisierten Sedezherren". Man vergleiche hierzu auch die Anmerkungen zu „Kabinett" und „Palimpsest".

In Deutschland waren seine Schriften also verboten, er selbst politisch verfolgt. Die französische Regierung jedoch gewährte ihm eine Pension. 1841 heiratete er „Mathilde", eigentlich Eugénie Mirat. Seine Bücher erschienen teils in Frankreich (auch zur „Harzreise" gibt es eine französische Vorrede aus dem Jahre 1834), teils in Deutschland. 1843 und dann noch einmal 1844 reiste er inkognito nach Deutschland, um seine Mutter zu besuchen, aber auch wegen finanzieller Auseinandersetzungen mit den Erben seines Hamburger Onkels. Bei dieser Reise lernte Heine Hebbel und Marx kennen (in Paris zählten u. a. Balzac und George Sand zu seinen Bekannten). Literarisches Ergebnis dieser Reisen war „Deutschland. Ein Wintermärchen" (Hamburger Leseheft Nr. 164), ein satirisches Versepos, 1844 bei Hoffmann und Campe in Hamburg erschienen.

Infolge einer Rückenmarkschwindsucht lebte Heine von 1848 bis 1856 in seiner „Matratzengruft", wie er es bitter nannte – d. h. er konnte seine Wohnung in Paris nicht mehr verlassen. In dieser Zeit entstand unter anderem die Gedichtsammlung „Romanzero" sowie die von seiner Familie nach seinem Tod konfiszierten „Memoiren". Heine betreute aber auch Neuausgaben seiner Werke auf das Sorgfältigste und legte ihre endgültige Textfassung fest. Am 17. Februar 1856 starb er und wurde auf dem Friedhof Montmartre begraben.

Aus der Vielzahl der unterschiedlichsten, ja gegensätzlichen Äußerungen zu Heine und seinem Werk hier einige Beispiele:

Ziehen wir die eigentlichen Naturschilderungen, vor allem die Nordseebilder ab, in denen zum Teil wirkliche Beobachtung und Gestaltungskraft, zum Teil eine groteske mythologisierende Phantasie ihr Wesen treibt, und fassen wir etwa den Abschnitt „Italien" speziell ins Auge, der in Italien selbst fortwährend mit Bewunderung gelesen wird, so finden wir die alte Methode der „empfindsamen Reise", die Spinnengewebe der Subjektivität über die großen Objekte gebreitet, politisches Geschwätz leerster Art und eine fast wie bei Klopstock ärmliche, immer wiederkehrende Poetisierung der Welt: das Wirkliche wird durch ein nicht Wirkliches ersetzt oder geschmückt; leblose Dinge werden belebt, lebende tot gedacht; Berge, Bäume, Paläste reden zum Dichter; Traum und Wirklichkeit vermischen sich; Dichter und Natur bespiegeln sich in einander; ein allgemeiner Schmerz blickt mit Vorliebe aus schwarzen Augen. Diese Blumen duften uns nicht mehr; sie sind so welk wie nach einer durchschwärmten Nacht. Nur der Schmutz, der in den „Reisebildern" nicht fehlt, ist noch so schmutzig wie am ersten Tag. Welcher Kontrast gegen den ruhigen reinen Blick, mit dem Goethe durch Italien zog!

Und doch wird man die Namen Goethe und Heine immer nebeneinander aussprechen müssen, wenn es sich um deutsche Lyrik handelt. Heine gehört zu unseren stärksten Liederdichtern; und unter denen, die nach dem Meister kommen, nimmt er als eigentümliche Kraft, als der Poet mit der lachenden Träne im Wappen, als ein Dichter, in welchem sich die Elegie mit der schmerzhaften Satire vermählt und dessen Wirkung auf ganz Europa noch jetzt nicht abgeschlossen ist, vielleicht den ersten Rang ein.

aus: Scherer, Geschichte der deutschen Literatur, 1891

Im ganzen steht unser Urteil fest: Dieser fremde Dichter hat sich für alle Zeiten einen Platz in unserer Litteratur erobert, aber einer von den Unsern ist er doch nicht, und sein Einfluß ist bis auf diesen Tag nur unheilvoll gewesen. Zwar auf unsere wahrhaft Großen, auf die Hebbel und Ludwig, Mörike und Annette Droste, Keller und Storm hat er entweder gar nicht oder doch nur ganz unbedeutend gewirkt, und seit dem jüngsten Sturm und Drang ist sein ästhetischer Einfluß in der Hauptsache überwunden, mögen auch moderne Juden und Judengenossen immer noch einmal heinisieren; leider aber noch nicht sein geistiger, da hält ihn die radikale Partei. Aber wir glauben auch hier an den Sieg deutschen Geistes, die Heinesche Negation kann auf die Dauer kein Volk befriedigen, das sich bei aller geistigen Kühnheit die ewigen Grundlagen menschlich-sittlicher Existenz niemals hat erschüttern lassen, das das Volk Luthers, Goethes und Bismarcks ist. Bei den überhaupt zur Reife befähigten Deutschen hat die Verehrung Heines, des Dichters wie des „freien Geistes", in den letzten Jahrzehnten denn auch schon sehr stark abgenommen, man kann ihn vielfach überhaupt nicht mehr lesen. Das schließt natürlich nicht aus, dass er auf lange Zeit hinaus noch eine „interessante" Persönlichkeit, mit der man sich hier und da beschäftigt, bleibt.

aus: Bartels, Geschichte der deutschen Literatur, 1902

Heine war eben mehr als bloß ein „Dichter". Es wird ihm gar nichts schaden, wenn das Märchen von dem „zweitgrößten deutschen Lyriker" etwas von seiner Märchenwahrheit verliert. Man wird auch so objektiv sein dürfen und sagen, daß sein ungeheurer Einfluß auf die deutsche Literatur alles, bloß nicht sehr gut war. Er kann ja nichts für die Geistlosigkeit derer, die ihn kopierten. Man wird das „Buch der Lieder" nicht mehr als die Glanzleistung der deutschen Lyrik behandeln, dafür immer die „Harzreise" oder die „Ideen" preisen und lieben. Aber all diese Ausgleichungen oder Verschiebungen im literarischen Urteil tun ja nicht viel zur Sache. Das Entscheidende ist, daß man Heines Intellektualismus, seine rücksichtslose Bewußtheit, als einen kulturellen und sozialen Faktor zu empfinden lerne. Und daß man verstehe, wie dieser so kluge Kopf ein ungemein empfängliches Ohr für alle Schwingungen der Zeit besaß, sodaß ohne Not die süßen Lieder der Romantik ertönten neben ungestümen Freiheitsrufen und sozialistischen Notschreien und Zukunftshoffnungen: das Kind einer vergehenden Zeit, das mit Neugierde und einer bangen Scheu der werdenden entgegenschaut.

aus: Theodor Heuß, zum 17. Februar 1906 (dem 50. Todestag Heines)

Eine ausführliche Dokumentation ist in dem Buch „Heinrich Heine. Ein Arbeitsbuch mit Primärtexten und Materialien zur Rezeptionsgeschichte" enthalten, das Gerd Heinemann im Verlag Moritz Diesterweg 1976 herausgegeben hat.

ZUR TEXTGESTALTUNG

Der vorliegende Text fußt auf der von Günter Häntzschel 1969 im Carl Hanser Verlag, München, herausgegebenen Ausgabe. Die Rechtschreibung wurde den neuen amtlichen Regeln behutsam angeglichen.

WORTERKLÄRUNGEN

Die Ziffern vor den Anmerkungen bezeichnen die Seiten

5 *Börne.* (1783–1837), Journalist und Schriftsteller
embrassieren. umarmen (von frz. embrasser)
6 *Lüder.* Wilhelm Lüder, ein Göttinger Student zur Zeit Heines
immatrikulieren. In das Studentenverzeichnis (=Matrikel) einschreiben = in die Hochschule aufnehmen
konsiliieren. Das Konsilium (d. h. den zwingenden Rat, die Universität zu verlassen) erteilen
Schnurre. Studentisch für: Nachtwächter (vgl. schnurren)
Pudel. Universitätsdiener (Pedell)
Dissertation. Wissenschaftliche Abhandlung, Doktorarbeit
Thédansant. Gesellschaftliche Veranstaltung, kleiner Hausball
Kompendium. Kurz gefasstes Lehrbuch
Guelfenorden. Studentische Vereinigung in Anlehnung an Göttingens welfische Geschichte (14. Jhdt.)
Promotionskutsche. In Göttingen ist es heute noch üblich, Studenten nach bestandener Doktorprüfung in einer Kutsche abzuholen
Relegationsrat. Anspielung auf Heines Entfernung (Relegation) von der Universität am 23. 1. 1821 wegen einer Duellaffäre
Profax. studentisch für: Professor
Faxen. dumme Späße
Vandalen etc. studentische Verbindungen
Weender Straße. Göttingens Hauptstraße, an der auch die Georgia Augusta, die Universität, liegt
Walstatt. Kampfplatz, hier: Mensurstätte, wo burschenschaftlich gefochten wurde
Bovden. Bovenden, ein Dorf 5 km nördlich von Göttingen, hinter Weende
Komment. Regeln des studentischen Lebens
legibus barbarorum. den Gesetzen der Barbaren
Stelle. Anmerkung, Hinweis (in einem wissenschaftlichen Werk)
Philister. studentisch für: Nichtakademiker oder im Berufsleben stehende „Alte Herren", d. h. ehemals der studentischen Verbindung angehörige Studenten. Zu Nietzsches Zeiten kommt in negativem Sinne der Ausdruck „Bildungsphilister" auf.
akademisches Gericht. Die Universität als Stätte freier Lehre ist mit besonderen Rechten ausgestattet, u. a. dem der Selbstverwaltung und begrenzter eigener Gerichtsbarkeit
Topographie. griechisch: Ortsbeschreibung
Marx. Das Buch erschien 1824, also kurz vor Heines Reise
7 *Anatomie.* Wissenschaft vom Körperbau der Lebewesen
exzerpieren. Aus einer Textvorlage einen schriftlichen Auszug erstellen
die Alten. d. h. die Griechen und die Römer. Heine parodiert in seiner Gliederung der geplanten Abhandlung wissenschaftlichen (und häufig zum Selbstzweck entartenden) Schematismus.

Ullrichs Garten. Lokal in Göttingen
Faksimile. Mit dem Original genau übereinstimmende Reproduktion
Georgia Augusta. Name der Göttinger Universität, die 1737 durch Georg II. August von Hannover gegründet wurde
Pandektenstall. Gebäude der Juristischen Fakultät, Pandekten = Sammlung altrömischen Privatrechts (corpus iuris civile)
Kasuisten. Streben Rechtsprechung aus Einzelfällen an (d. h. aus dem Vergleich der Urteile dazu, vgl. eng. case-law), Gegensatz: Rechtsprechung auf der Grundlage allgemeiner Gesetze
Tribonianus. Jurist aus Byzanz zur Zeit Justinians I., Kaiser von Ostrom (482–565)
Hermogenianus. römischer Jurist im vierten Jhdt.
Corpus iuris. Von Justinian im 6. Jhdt. veranlasste römische Gesetzessammlung
8 *Geßner.* (1730–1788), Züricher Idyllen-Dichter der Aufklärung
Pedell. s. Anmerkung zu: Pudel (zu S. 6)
Dezennien. Jahrzehnte
Quarantäne. eigentlich: 40-Tage-Frist, Isolierung von Ansteckungsverdächtigen
halbjährige Schriften. Früher erschienen an den Universitäten neben Vorlesungsverzeichnissen der einzelnen Semester auch Namenslisten der immatrikulierten Studenten
Rauschenwasser. Dorf nahe bei Göttingen
Spontaneität. wörtl.: unmittelbarer Antrieb, hier derb ironisch gemeint
Galanterie. Höfliches Benehmen gegenüber dem weiblichen Geschlecht
Nörten. Kleinstadt 10 km nördlich von Göttingen
Rossini (1796–1877). italienischer Opernkomponist
Kracke. niederdeutsch für: altes Pferd
9 *Fusia Canina.* verdrehte lateinische Bildung, soviel wie: hündischer Geifer
Trittvogel. studentisch für: Gläubiger
Bussenia. Vermutlich Latinisierung des Namens der Wirtin (Nachahmung herablassender studentischer Sprache)
Wirtshaussonne. Heine meint das Hotel „Zur Sonne“, noch heute in Northeim zu finden
Nebukadnezar. vgl. Altes Testament, Daniel 4, 25 ff
Hotel de Brühbach. studentisch für: Karzer
festoniert. bogen- oder zackenförmig verzierter Rand
Philipp von Mazedonien. Der Vater Alexanders des Großen, König von 359 bis 336 v. Chr.
Pharaos fette Kühe. vgl. Altes Testament, 1. Mose 41, 1 ff
10 *Titanin.* In der griechischen Mythologie Angehörige der von Zeus gestürzten Götter
Themis. In der griechischen Mythologie eine der Titaniden, später Gemahlin des Zeus
Rusticus. Anspielung auf einen Göttinger Professor für Strafrecht

Lykurg. sagenhafter Gesetzgeber Spartas
Cavaliere servente. dienender Ritter (ital.)
Cujacius. französischer Jurist im 16. Jh.
11 *distinguieren.* vornehm unterscheiden
Pandektentitel. Stelle im corpus iuris
Allongeperücke. Im 17./18. Jh. von den Herren getragene Perücke mit langen Haaren
regardieren. beachten, betrachten (frz. regarder)
Prometheus. In der griech. Mythologie Titanensohn, der den Menschen gegen Zeus Willen das Feuer brachte und dafür bestraft wurde
Münchhausen. Gemeint ist der erste Verwalter der Göttinger Universität, der Kurator Freiherr v. Münchhausen (1688–1770)
Apoll v. Belvedere. Griechische Statue des Gottes der Weisheit, im Belvedere des Vatikan aufgestellt
Venus der Medici. Römische Marmorkopie aus dem 1. Jh. n. Chr. einer griechischen Statue der Aphrodite (= Venus), in den Uffizien in Florenz aufgestellt
Lyra. altgriechisches Zupfinstrument
Phöbus Apollo. Der griechische Gott Apollon ist auch der Gott der Musik und des Gesangs
Befreiungskrieg. 1813–1815, gegen Napoleon
Ludwig XVI. (1754– 1793), in der Revolution hingerichteter König von Frankreich
Guillotine. Mit einem Fallbeil arbeitendes Hinrichtungsgerät, von dem französischen Arzt Guillotin erfunden
12 *Herzog Ernst.* Beliebter Sagenkomplex des Mittelalters, im 16. Jh. Volksbuch (vgl. das Theaterstück von Peter Hacks 1957)
Schneidergesell. Heines Wegbegleiter war in Wirklichkeit der Osteroder Handlungsreisende Karl Dörne, der sich nach Erscheinen der „Harzreise“ meldete.
Ossian. Unter diesem Namen eines angeblichen blinden gälischen Sängers veröffentlichte Macpherson 1760–1763 eigene Dichtungen. Die Fälschung spielt auch in Goethes „Die Leiden des jungen Werther“ eine Rolle, ferner bei Herder und Hölderlin
Goethe'sches Wort. Heine spielt auf Klärchens Lied in Goethes „Egmont“ an: „Freudvoll und leidvoll, gedankenvoll sein ...“
Korruption. Textverderbnis, -entstellung
13 *im Tran.* umgangssprachlich für: betrunken
Kamisol. Wams, Jacke
Ziegenhain. Dorf bei Jena; Ziegenhainer – derber Stock
Stanze. achtzeilige Strophenform
konträr. widrig, entgegengesetzt
bramarbasieren. prahlen
marode. fußkrank
korrespondierendes Kolorit. entsprechende Farbgebung
Hoffmann. (1776–1822), Ernst Theodor Amadeus, romantischer Dichter spukhafter Novellen
Albino. Mensch mit fehlender Farbstoffbildung
14 *Jurisprudenz.* Rechtswissenschaft

Dreiheitslehre. Christliche Lehre von der Dreieinigkeit Gottes (Vater, Sohn, heiliger Geist): Trinitätslehre
kollidieren. in Widerspruch geraten
Chimborasso. Höchster Berg der Cordilleren (Ecuador), 6310 m hoch
Bücking. Diese Angaben Heines sind nicht einwandfrei
15 *diskursieren.* sich unterhalten
schwadronieren. prahlerisch schwatzen
Petschaft. Handstempel zum Siegeln
Scharade. Worträtsel
Dekret. Verordnung
Münze. hier: Münzprägeanstalt
Silberblick. Im Augenblick der Trennung vom Blei zeigt das flüssige Silber beim Schmelzen einen besonderen Schimmer
Manna. hier: wunderbares Geschenk
16 *Delinquent.* Verbrecher
Tonnenseil. Materialaufzug, Seil, an dem die Tonne befestigt ist
sintern. sickern
17 *Lafayette.* (1757–1834), französischer General, Teilnehmer am Amerikanischen Unabhängigkeitskrieg
Cicerone. italienisch: Fremdenführer
Herzog v. Cambridge. Ein Sohn des englischen Königs
18 *Eckart, Burgund.* Gestalten aus der deutschen Sage, vgl. Tiecks Novelle „Der getreue Eckart", 1799
20 *Adalbert v. Chamisso.* (1781–1838), Dichter der Romantik, der 1824 den Harz bereiste. 1814 erschien „Peter Schlemihls wundersame Geschichte", eine dichterische Darstellung der zerrissenen Gefühle des aus Frankreich Stammenden zur Zeit der Freiheitskriege (Erhebung der Deutschen gegen Napoleon)
Generalbass. In der Notenschrift des 17./18.Jh. ermöglichten Zahlenhinweise über der Bassstimme die Ergänzung der Oberstimmen
21 *Kaisererinnerungen.* Goslar war die Residenz der sächsischen Kaiser und der Salier
Schützenhof. hier: Schützenfest
22 *uralter Dom.* Gemeint ist der 1820 abgerissene Dom Kaiser Heinrichs III. (1039–1056)
Karyatide. Säule in Mädchengestalt
quis... lateinisch: wer? was? wo? mit welchen Hilfsmitteln? warum? wie? wann? – Diese Fragen dienten in der antiken Rhetorik zur Gliederung und Anfertigung von Schulaufsätzen.
25 *der „Östreichische Beobachter".* In ihrem offiziellen Presseorgan setzte sich die Regierung in Wien für die Zensur ein
Saul Ascher. (1767–1822), Berliner Buchhändler, rationalistischer Philosoph. Wie er trat Heine in seiner Berliner Zeit für ein aufgeklärtes Judentum ein (vgl. Biographie). Am 1. Juli 1825 schrieb Heine in einem Brief über die „Harzreise" an den Freund Moses Moser in Berlin: „Vielleicht amüsiert Dich der Nekrolog Saul Aschers, den Du darin finden wirst."
Malice. Bosheit

26 *Varnhagen von Ense* (1785–1858). In Berlin lebender Schriftsteller und Kritiker. Heine verkehrte im literarischen Salon seiner Frau

27 *spanisches Rohr.* eine Canna- (kräftige Schilf-) Art, bambus-ähnlich

deduzieren. ableiten

Kant, Immanuel (1724–1804). In Königsberg lebender Philosoph der Aufklärung. „Die Kritik der reinen Vernunft" erschien 1781

Phänomenon. Das Erscheinende, sich den Sinnen und damit der Erkenntnis Darbietende

Noumenon. Das Gedachte und insofern mit dem Geist zu Erkennende. Für Kant als bloß Gedachtes ein Begriff ohne Gegenstand

Syllogismus. In der Logik ein dreiteiliger Urteilsschritt vom Allgemeinen zum Besonderen

35 *Déjeuner dînatoire.* großes, reichliches Frühstück

37 *Genoveva.* Unverschuldet des Ehebruchs bezichtigte und verstoßene Figur einer aus dem Französischen stammenden Legende. Der Stoff wurde im 18. Jh. zum Volksbuch verarbeitet und mehrfach dramatisiert. „Schmerzensreich" ist der Name ihres Sohnes

Retzsch, Moritz (1779–1857). Deutscher Zeichner

belletristisch. schöngeistig (im Gegensatz zu: wissenschaftlich)

ästhetisch. stilvoll – schön

38 *Universalgenie.* Ein auf allen Gebieten hervorragender und kenntnisreicher Mensch

Ratcliff, Almansor. Tragödien Heines, 1823 erschienen

39 *Kompilator.* Verfasser einer Zusammenstellung (durch Vergleich von mehreren wissenschaftlichen Quellen)

40 *philiströs.* Philisterhaft, spießbürgerlich

Claudius, Matthias. (1740–1815) deutscher Dichter

41 *Codex palimpsestus.* Eine erneut beschriebene Handschrift des Mittelalters, z. B. ein Pergament, von dem die erste Beschriftung abgekratzt worden ist, sie scheint jedoch durch. – Der Begriff des Palimpsests hat für Heine eine tiefere Bedeutung, er meint die „Vorstellung einer Korrelation zwischen den Ebenen subjektiven Bewußtseins (die solche des Unbewußten mitumfassen) und den überlieferten Objektivationen menschlicher Gattungsgeschichte" (Altenhofer, Die verlorene Augensprache. Marginalien zum Problem der „Wirkung" Heinescher Texte, in: Diskussion Deutsch, Heft 35, 1977, S. 304 ff. Das Zitat findet sich auf S. 309). Unter Heranziehung eines Zitats aus Heines „Reise von München nach Genua" (1830), wo die Geschichtsstätten Herculanum und Pompeji als „Palimpseste der Natur" bezeichnet werden, folgert Altenhofer: „Individual- und Menschheitsgeschichte sind Texte, die sich überlagern und auf die der Autor seinen neuen Text schreibt." Und nun, sehr wichtig: „Die Aufgabe des Lesers ist es nicht nur, die bis zur Unkenntlichkeit verblichenen Stellen wieder lesbar zu machen, sondern auch die Schichten des Textes so voneinander abzuheben, dass sie sich wechselseitig interpretieren und einen gemeinsamen Sinn ergeben." (a. a. O., S. 309). Weiter: „Der esoterische Leser muß dem Autor kongenial werden, indem er die Arbeit des Autors, der selber immer zugleich Entziffernder und Schreibender ist, als ‚palimpsestisches' Über-

schreiben bestehender (literarischer, geschichtlicher, autobiographischer) Texte mit einem neuen Text rekonstruiert“ (a. a. O. S. 310). Das erhellt auch aus einem Brief Heines an Moses Moser, den Berliner Freund, vom 9. Juni 1827 anlässlich des Erscheinens des zweiten Bandes der „Reisebilder“: „Vor meiner Abreise von Hamburg habe ich Sorge getragen, dass Dir mein Buch geschickt wurde. Ich dachte, Du wirst es als einen Brief betrachten. Du wirst daraus ersehen haben, was ich im letzten Jahr gedacht und gefühlt und gelitten...“ (Altenhofer zitiert den Brief in seinem Aufsatz ausführlicher).

Raffael (1483–1520). Italienischer Maler der Renaissance

Fenice. La Fenice ist der Name des Theaters in Venedig

Palestrina (1525–1594). Italienischer Komponist, beeinflusste maßgeblich die römische Kirchenmusik

Werkeltag. evtl. Anspielung auf einen häufig gebrauchten Begriff von Goethes Mutter: „Werkeltagswelt“

42 *Lord Byron* (1788–1824). Englischer Dichter, Romantiker

Elise v. Hohenhausen (1785–1857). Deutsche Schriftstellerin und Übersetzerin, in ihrem Salon hatte Heine in Berlin verkehrt

Sibirien. Sarkastische Bezeichnung Heines für das erstarrte Göttinger Universitätsleben

Schütz. Ein damals in Halle lehrender Professor

exegetisch. erklärend (eigentlich auf wissenschaftliche Ausdeutungen der Bibel bezogen)

Cour. frz.: Hof, Hofhaltung, Auftreten der Höflinge

König v. Zypern usw. Möglicherweise studentische Scherzfiguren

43 *Purifikation.* eigentlich: liturgische Reinigung

Wisotzki. Ein Berliner Gaststätten-Theater

Gumpel. Lazarus Gumpel war Bankier in Hamburg wie Heines Onkel Salomon. Hier kann Heine den Namen entlehnt haben. Im dritten Teil der „Reisebilder“ („Die Bäder von Lucca“) kritisiert er das Besitzbürgertum in der Figur eines Bankiers Christian Gumpel

Burleigh (1520–1598). Englischer Staatsmann zur Zeit Königin Elisabeths I.

Heinrich IV. (1399–1413). König von England; gleichnamiges Schauspiel Shakespeares Anachronismus – falsche zeitliche Einordnung

Behuf. veraltet für: Zweck

Menschenhass und Reue. Theaterstück von Kotzebue (1761–1819), der wegen reaktionärer Publizistik von dem fanatischen Burschenschaftler Sand in Mannheim erdolcht wurde

Hahnrei. betrogener Ehemann

Spontini (1774–1851). Italienischer Komponist. Er war Mendelssohn als Generalmusikdirektor in Berlin vorgezogen worden

Janitscharen. Türkische Soldaten, Janitscharenmusik: Militärmusik mit Trommeln, Becken, Triangel und Schellenbaum

44 *Platon* (429–347 v. Chr.). griechischer Philosoph

Cicero (106–43 v. Chr.). römischer Staatsmann

Hoguet (1793 –1871). französischer Ballettmeister

Buchholz (1768–1843). deutscher Historiker

Kabinett. Die preußische Regierung. In einem Brief vom 15. Mai

1825 an die Schwester des Herausgebers der „Rheinblüten“, einem Almanach, in dem die „Harzreise“ zunächst erscheinen sollte: „Erscheint die Persiflage des Balletts etwas zu stark, so erlaube ich gern, die ganze Parthie, die damit zusammenhängt…, ausfallen zu lassen.“

Bundestag. Der in Frankfurt/M. 1815–1848 tagende Gesandtenkongress des Deutschen Bundes

Kongress. Dem Wiener Kongress folgten zur Zeit der „Harzreise“ weitere Versammlungen, z. B. 1822 in Verona

Freund im Osten. Russland bildete mit Preußen und Österreich 1815 die Heilige Allianz

privatim. vertraulich, persönlich

Apis. Im alten Ägypten verehrter heiliger Stier

exoterisch. außenstehend

esoterisch. eingeweiht, sachkundig

Lemiere, Röhnisch. Berliner Tänzerinnen

Entrechat. Kreuzsprung beim Ballett

45 *Cervantes.* (1547–1616). Spanischer Dichter, Verfasser des Romans „Don Quijote“

Barett. kappenartige Kopfbedeckung

Medaillon. Kapsel als Anhänger

Blücher (1742–1819). Volkstümlichster preußischer Feldmarschall der Freiheitskriege

Barde. keltischer Sänger, ironisch für: Dichter

Hermannsschlacht. 9 n. Chr. im Teutoburger Wald

onomatopöisch. richtig: onomatopoetisch – lautnachahmend

smollieren. ein Smollis ausbringen, Brüderschaft trinken

Landesvater. Studentenlied

Müller, Wilhelm (1794–1827). romantischer Lyriker (der „Lieder-Müller“)

Rückert (1788–1862). romantischer Lyriker

Uhland (1787–1862). schwäbischer Dichter

Methfessel (1785–1869). Komponist, der u. a. einen Gedichtszyklus von Heine („Der Frühling“) vertont hat

Arndt (1769–1860). Gegen die Unterdrückung Europas durch Napoleon kämpfender politischer Schriftsteller von großer vaterländischer Wirkung

46 *fistulieren.* mit Kopfstimme (d. h. ohne Resonanz) sprechen

deklamieren. mit kunstgerechter Betonung vortragen

„Die Schuld“. Ein 1816 erschienenes, sehr erfolgreiches Trauerspiel des Theaterdichters und -kritikers Müllner (1774–1829). Es beeinflusste die Entwicklung der Schicksalstragödie

spanische Fliege. Blasenkäfer (Lytta)

Perspektiv. kleines Fernrohr

Adonis. In der griechischen Mythologie ein Königssohn von sprichwörtlicher Schönheit

Apollon. In der griechischen Mythologie der Gott der Weisheit und der Musik sowie Sonnengott, Sohn der Leto und des Zeus

48 *elegisch.* weh-, schwermütig

Weender Straße. vgl. frühere Anmerkung (zu S. 6)

48 *Bouteillenzahl.* Bouteille veraltet für Flasche
mystifizieren. täuschen, etwas vorspielen
49 *Dante Alighieri* (1265–1321). Italienischer Dichter, wichtigstes Werk „Die göttliche Komödie“, deren erster Teil „Hölle“ betitelt ist.
Klavierauszug. Einrichtung eines nicht für das Klavier bestimmten Musikstücks (z. B. einer Oper) für dieses Instrument. Heine spielt hier darauf an, dass Dante die „Divina Comedia“ in „Gesänge“ untergliederte
Falcidia. Die altrömische lex Falcidia regelt Erbstreitigkeiten
Gans (1798–1839). Ein Freund Heines aus der Berliner Zeit, der sich mit Fragen des Erbrechts befasste
Spontini. s. frühere Anmerkung (zu S. 43)
Göschen, Elvers. Zu Heines Zeit Professoren für Rechtswissenschaft in Göttingen
Prätor. Der höchste (Justiz-) Beamte in Rom
quicunque civis romanus. jeder mögliche römische Bürger
antejustinianeisch. vor Justinian, s. frühere Anm.
cum omni causa. mit jedem, allem Grund
50 *Bulbul.* persisch: Nachtigall
Congreve. Bezeichnung für ein Farbdruck-Verfahren (nach dem englischen General und Ingenieur Congreve)
Houri. persisch: schönes Mädchen zur Zerstreuung der Rechtgläubigen im Paradies
Pallagonia. vgl. Goethes „Italienische Reise“, Palermo, 9. April 1787: Ferdinando Francesco II., Principe di Palagonia (1722–1788) hatte sich bei Palermo ein Schloss nach eigenem, barockem Geschmack ausgebaut
Akzise. Zoll, Torabgabe im Mittelalter
Turngemeinplatz. Anspielung auf den „Turnvater“ Jahn, der ab 1811 durch Turnplätze zur „inneren Erneuerung Preußens“ beitrug
Hagel. statt: Janhagel (veraltet für: Pöbel)
Clauren. Deckname des Schriftstellers Carl Heun (1771–1854)
51 *demagogisch.* aufwiegelnd
Theophrast. Entweder Theophrastus (eigentlich Tyrtamos, 327–287 v. Chr.), bedeutendster Schüler des Aristoteles, oder Theophrastus Bombastus von Hohenheim, bekannter unter seinem Beinamen Paracelsus (1494–1541). Beide befassten sich mit (Natur-) Philosophie.
Voltaire (1694–1778). Französischer Philosoph und Schriftsteller der Aufklärung
Konvenienz. Gefallen, Bequemlichkeit
54 *Heinrich.* Gemeint ist Heinrich I. (919–936), zunächst sächsischer Herzog, Gründer des Deutschen Reiches, der als König 922 Goslar gründete und in Quedlinburg begraben ist
55 *Arabeske.* rankenförmige Verzierung
Vetter. Gemeint ist Till Eulenspiegel, der um 1350 in Mölln gestorben sein soll
eisernes Kreuz. Heine spielt auf seinen Übertritt zum Christentum im Jahre 1825, also unmittelbar vor Erscheinen der „Harzreise“, an
56 *Fragment.* Bruchstück, unvollendetes Werk
Parze. Eine der römischen Schicksalsgöttinnen

57 *Sartorius.* Zu Heines Zeit Professor für Geschichtswissenschaft in Göttingen
Rübeland. Dorf an der Bode
Rosstrappe. Granitklippe des Bodetals
Paris. In der griechischen Mythologie Sohn des Priamos, als Hirte aufgewachsen. Die Göttinnen Aphrodite, Hera und Athena forderten ihn auf, der schönsten von ihnen einen Apfel zu geben, den Eris, die Göttin der Zwietracht, ihnen zugeworfen hatte
Vierlanderin. Die Vierlande am linken Elbufer unterhalb Hamburgs liefern Blumen und vor allem Obst
59 *Dithyrambe.* Loblied
60 *Ladenschwengel.* Von Studenten abschätzig für: junger Verkäufer, dem „Galgenschwengel" nachgebildet (wahrscheinlich Ende des 18. Jh.)
61 *Clauren.* s. frühere Anmerkung (zu S. 50)
63 *power.* ärmlich, dürftig
mediatisiert. mittelbar gemacht, d. h. aus unmittelbarer Reichs- in Landeshoheit übergeführt
Sedez. Kleines Buchformat (1 Bogen = 16 Blätter, also 32 Seiten). Heine meint mithin die kleinen (vor allem geistlichen) deutschen Fürsten, deren Hoheitsrechte 1803 durch den Reichsdeputationshauptschluss beseitigt wurden
Ritzebüttel. Heute zu Cuxhaven gehörend
kordial. herzlich
63 *Genoveva.* s. frühere Anmerkung (zu S. 37)
Bileam. mesopotamischer Prophet, vgl. im Alten Testament 4. Mose 22 ff.
64 *Arndt.* vgl. die frühere Anmerkung (zu S. 45)
Hüllmann, Radlof. Zu Heines Zeit Professoren in Bonn
Sesostris. Name ägyptischer Könige im 2. vorchristlichen Jahrtausend
Herodot (um 490 – um 420 v. Chr.). ältester griechischer Geschichtsschreiber
Commentatio . . . – lateinisch. ägyptisch-teutonischer Kommentar über die Paukerei (studentisch für: Fechten) des Gottes Biel mit dem König Sesostris
Pesseron, Gébelin. Französische Wissenschaftler des 17. bzw. 18. Jh.
obskur. zweifelhaft, unbekannt
Schmalz. Berliner Staatsrechtler, der 1815 die patriotische Gesinnung der Studenten für staatsgefährend erklärte